JN128779

つい昨日のこと

ONLY YESTERDAY

私のギリシア

高橋睦郎
TAKAHASHI MUTSUO

思潮社

装幀＝原 研哉＋梶原 恵

つい昨日のこと

私のギリシア

Socrates was around only yesterday.
——Kenneth Dover

つい昨日のこと

1　一九六九年初夏

アクロポリスの石段を上りきり　そのままパルテノンの中へ
列柱の一つに二つの肩甲骨を預け　サンダルの両脚を投げ出した
読むのはキトー著わす『ギリシア人』　行を辿りながら
笑止にも自分自身　なにぶんかギリシア人になったつもり
はるかピレウスからの海風に　思わずもうつらうつら
うたたねのめぐりで　世界は柔らかそのものだった
柔らかい世界に包まれていると　何でも出来る気がした
若かった　とにかく若かった　つい昨日か一昨日のことだ

2　前三九九年四月二十七日

この窟(いわや)の中で　知恵の人はいつもと同じ笑み
お気に入りの若者の頭髪(かみのけ)を　指先で弄びながら
（その若者は　残念なことに若い僕ではない）
神神と人間と法についての　急ぐことのない対話
鍵は開いているのに　逃亡は暗黙の諒解なのに
いつもと変わることなく　最後の一日を過ごし
さし出された毒人参の盃を　水のように呑み干した
薄れていく意識の中で　目を見ひらいての遺言には
「約束した鶏一羽　神前に献げといてくれないか」と
その声がいまもこの耳に　あざやかに反響する
（もちろん　年若い弟子による聞き書きの餅だが）
つい昨日　でなければ一箇月前のことのように

3　五月　レヴァディア

バス休憩の三十分　通されたタベルナの二階のテラス
いきなり鼻粘膜を強打する　この烈しい臭いは何だ
裏庭からまっすぐ続く山腹にかけて　群れ立つ松の木
その針の葉のひまに　つんつんと立つ青い突起
いまは五月　ギリシアの野山の　恋の　発情の季節
青臭い万の生殖器を通して　神神がてんでに発情する時
ギリシアの神神は発情する神神　夏がめぐるごとに
神神は甦る　ギリシアはいきいきとギリシアになる

4　蟬

レヴァディアよりデルフィに向かうバスの窓から
野中のしんかんと照りつける白い道を指さし
バスガイド女史は　まことしやかに宣言したものだ
あそこがオイディプスが父ライオスを殺した場所だ　と
おお　あの時と寸分違わない時刻の　寸分違わない地点
そういえば　あの時と全く同じ年恰好　同じ声音（こわね）の女史
そんなはずはない　あれから四十五年が経っている
私の外見は　正確に四十五年分　老（ふ）けて見えるのに
困ったことだ　心はいまも殺される父親にではなく
殺す息子と己を重ねて　激しい息をしている
あの時と全く同じ蟬が　風景の何処かで鳴きしきる
もちろん　あの時の蟬の十何世代も裔（すえ）の蟬

5　息子よ

オレステイア

年齢に不似合いに豊かな両つの乳房を露わに振り出し
この乳首から飽きず吸ったのはいったい誰だ？　とは
母なる者の息子に訴えかけるお決まり　最後の切り札
だが　同じ乳首を息子以外　息子の父以外の誰かも吸った
その誰かに吸わせつづけるため　乳房は夫殺しになった
お馴染み　声だけで演じられる　見えない浴室の惨劇
そこでは　被害者を欺くために　加害者も裸になり
被害者に乳房を吸わせた？　おおきにありうることだ
騙されるな　息子よ　嬰児時代の倖せの神話などには
舌と唇とで貪り呑んだなま白い記憶を　胃も空(から)に吐き尽し
その乳房をこそ刺し通せ　乳汁(ちち)ではなく　血潮をあふらせ
おまえの中の偽りの母子像を　赤黒く塗れ　塗りつぶせ

6　トロイゼンの桑の樹

ヒュッポリトス

トロイゼンの青あおとそよぐ巨きさも巨きい桑の木
きびしい光の征矢(そや)を避けがてら　葉ごもりを押し分けて
摘み採る房実は　熟れているのに緑がかった輝く乳白
そこに祀られる夭折の魂の無染(むぜん)を証しする潔白の　白
彼の果されず記されることのなかった功業の空白の　白
しかし　摘んだ旅人の指先も　指先が運び入れる唇も
不思議なことに　たちまち黒むらさきに瀆れてしまう
これまで閲(けみ)してきた数十年の濁りを　炙り出すかのよう
旅人は考える　東洋の琴つくりなら　この巨幹(おおみき)のうちに
いったい何梃の琵琶琴(びわきん)の形相を　目測するだろう
琵琶の音(ね)の裂帛は　濁り渦巻く泥流の揚げる　逆白波(さかしらなみ)
若さを死に到らしめる　老いの怒り悲しみにさも似た

7　姉と弟

エレクトラ　オレステス　イピゲネイア

姉は敢然決断　弟は優柔不断　いつだってそうだった
父の出発の日　姉は泣いていた　弟ははしゃいでいた
母の不倫のとき　姉は見つめていた　弟は眠りこけていた
凱旋した父が母に謀殺される叫びを　姉は女中部屋で聞いた
遠い親戚に追いやられていた弟は　野山を犬と駆けていた
何も知らず帰ってきた弟を　姉は復讐せよと迫き立てる
弟は脅えながら母を殺し　姉は躍りあがって歓声を挙げる
母殺しの罪過に弟が狂うとき　なぜか唆した姉の姿はない
さすらいの狂人を浄めるのは別の姉　父の船出の風待ちのとき
犠牲に葬られたはずの姉が　機械仕掛けの女神よろしく
突如出現して弟を救う――姉がいなければ　弟は存在しない
弟がいなければ？　弟がいようといまいと　姉は疑いもなく姉
激しい姉　優しい姉として　真昼のオルケストラに端然と立つ

∞　クリュタイムネストラ主張する　アガメムノン

総大将の麾下の将軍への不公平が　糾弾されるのに
同じ男の家妻（いえづま）への不正が　咎められないのは　なぜか
つねに陣屋に女を侍らせての　夫の遠征の十年のあいだ
なぜ妻だけに　貞淑に家を守ることが強要されるのか
夫は夜ごと　幾人もの下腹に淫欲を吐き出しつづけた
その間　妾（わたし）はひたすら一人の密男（みそかお）と睦みあっただけ
還ってきた夫は　戦利品の敵の王女を大切にと言い放つ
そのくせ　密男の存在を知ったら　断罪せずには置くまい
攻められる前に攻めるのは　男だけの兵法だろうか
殺（や）られる前に殺った　ただそれだけのことではないか
広野と海原が男の遊び場なら　閨と浴室は女の戦さ場
夫の開いた傷口からどくどく溢れ　流れていくどす黒い血潮
妾ひとりのではない　耐えてきた女たちすべての勝利の徴（しるし）だ

9　アガウエがペンテウスに言う

バッカイ

あたしの息子だって？　誰のことだ？　知らないね
そんなもの　産んだ覚えも　育てた覚えもありゃしない
ご覧　あたしの乳房　とがってみずみずしい処女（おとめ）のまま
若い神様の紅潮したくちびるにしか　吸わせやしない
そうでなければ　生まれたての豚の子が吸うのさ
おかあさんだって？　思い出してだって？　そんな毛深い奴
あたしの傷一つ　しみ一つない腹から出たわけがない
あたしは潰れのない処女の力に満ち満ちている
逃げ出すお前をつかまえて　手も　脚も　首根っ子も
引き抜いて捨ててやる　手は手　脚は脚　頭は頭
ばらばらになって　ばらばらに泣くがいい　叫ぶがいいさ
あたしの十本の指を染めたお前の血は　両の乳房と
下腹に塗りつけて　残りは口に入れて舐めとってやる

それがお前の葬いだ　ありがたく思うがいいさ

10　予言　アルゴー号顚末

きみののちの日　決まっていることはただ一つ
遠い日　若さに委せて企てた無謀な航海の記憶
海原ただよう破船の残骸で　頭骸を割られて
突然みじめな死を迎えるだろう　ということ
それだって　考えれば　まだしもましなほう
人生で何も起こらず　老いさらばえて
死んだことすら　誰にも知られないよりは
若い日の悪業（あくごう）すら　その無残な結果すら
ひそひそ話にもせよ　語られなければ

きみの一生は　いったい何だったのだ

11　カッサンドラに

神の熱い求愛に対して　心と腿とを硬くした報いは
以後　お前の予言に誰も耳を傾けなくなったこと
耐えられなくなったお前は　神の彫像の膝を抱くが
神の心はいまや石像そのまま　脈打つことついにない
もはや許しを乞うのはやめよ　容れられぬことをこそ
真の予言の証しとせよ　神にも人にも拒まれて
お前の孤高の眩しさは　目も開けられぬほど

12　怒り　イリアス序説

女神よ　怒りを歌え　とは　聴衆よ　怒りを見つめよ　ということ
怒りの齎(もたら)す火を　火の結果の焼尽を　見とどけよ　ということ
その火は味方を次つぎに　ついには自分の次に大切な者まで倒し
自分自身まで滅ぼしてしまう　それもこれもすべて怒りの結果
自らそうなると知りつつも　あらかじめ消すことができないのが
怒りという火　その火種は耳傾ける聴衆ひとりひとりの心の底にも
闇の中で息をひそめて　きっかけの合図を待ちつづける
身を入れて聞き入りながら　聴衆は自分のこととは悟らない

13　ヘクトルこそ

ホメロス語るいちばんの英雄は　どんな英雄か
いちばん強い者でも　いちばん賢い者でもない
人生がつまるところ敗けいくさだ　と知りながらも
運命を背負うことから　逃げることのない勇者
かくて　もののふを倒すアキレウスでもなく
計りごとに長(た)けたオデュッセウスでもさらになく
祖国の終わりを身に引き受けるヘクトルこそ　その者
ホメロス二つの叙事詩の　本当の主人公は誰あろう
血まみれの屍が　砂埃(すなぼこり)の中を引きずられつづけた
父王の敵陣に乗り込んでの交渉と　莫大な身のしろで
買い戻され　十日のあいだ盛大な葬儀が営まれたきみ
きみの埋葬から日も非ず　炎を揚げて崩れ落ちるトロイアは
いや　そののち三千年　敗れて炎上するすべての都市が

きみの高潔な魂への　終わることのない讃仰の燔祭

14　遭難者たち　エーゲ海上

波濤の果て　イタカへ　ざわめく森のザキュントスへ
船はどれほど多くの無名者を零し　波間に溺死させたか
ただ一人の名ある者を　ぶじ　ふるさとへ届ける　そのために
三千年後のいまなお　歴史という船は無名者を零しつづける
幾人（いくたり）の名ある者どもの　醜い権勢欲と功名心　それだけのために
その船じたい　いつかは木っ端微塵　跡形もなく毀たれように
弔えよ　弔えよ　名なく顔のない者をこそ　心こめて弔えよ
船を漕ぐのはいつも彼ら　名ある者は指揮の座で拱手睥睨（きょうしゅへいげい）

15　敗者の言い分

オデュッセイア遺聞

なぜあいつだけが正義で　俺たちが悪党にされなきゃならないのか
あいつが国じゅうの元気な若者をかっさらって　船出して二十年
そのあいだ　この国がなんとか安泰なのは　誰のおかげだというのか
俺たちがあいつの館に集まって　わいわいやっていた手柄ではないか
国王の座に十年もその余も主人がいないでは　周囲の国国に狙われる
王の父親は老いぼれ　伜は頼りにならぬでは　早晩攻めこまれるのは必定
生き死にも不明な古い主人に代わる　新しい主人を決めるのは　当然
俺たちの飲み食いで館の財が蕩尽されると　くどくど非難するより
連れて行った若者たちのいのちの額を弾いてみるのが　先ではないか
舅の死出の経帷子が織りあがるまでと　十年のあいだ誑りつづけて
あいつの狡猾な妃は　昼の光の中で織り進んでは　夜の闇の中で解いていた
そのあいだに俺たち全員の死衣が織りあげられていた　というわけさ
二十年も経って　乞食の姿で帰ってきて　息子や下男としめしあわせ

高橋睦郎詩集『つい昨日のこと　私のギリシア』栞

二〇一八年六月　思潮社

池澤夏樹●蜂飼耳●松浦寿輝

ぼくにとってもつい昨日　池澤夏樹

詩の神が降りてくる。時にそういうことが起こるのだと、この詩集を読みながら改めて思った。

高橋睦郎のところに詩の神がやってきた。ギリシャから、神一人ではなく神々がぞろぞろと、引きも切らず、昼夜の別なく、英雄やら美女やら美少年やらを引き連れて。

「私はギリシアに攫（さら）われたと呟く／ギリシアはそんな覚えはないと言う／私だけではない詩に出会った者は／自分でも気付かず　ギリシアよ　あなたに／みんな　みんな　攫われたのだよ」というとおり、彼の地の文学・言語・歴史から逃れられなくなる。何度も通ってうろうろ彷徨したり、しばらく住んでみたり、古典から現代までの詩や散文に読み耽ったり。で、老いた（と自称するところの）詩人のもとへ神たちが襲来して詩想を押しつけた結果、詩篇百五十あまりが成った。

感慨と感情、知識と教養、その奥に思想の影。

ぜんたいとして詩作を駆動するのは機知だ。

アガメムノンはトロイ戦争に征った。その留守に妻のクリュタイムネストラは愛人を作った。勝って帰った夫を妻と愛人が殺した。この夫婦の娘エレクトラと息子オレステスが母を殺して父の敵を討った。

この惨劇を例えば妻の側から述べると「クリュタイムネストラ主張する」になる。古代ギリシャの神話・伝説の中に分け入って、そのうちの誰かになって言いたいことを言わせる。あるいは一歩だけ外の視点から「姉と弟　エレクトラ　オレステス　イピゲネイア」の姿を描写する。

「姉は敢然決断　弟は優柔不断　いつだってそうだった／父の出発の日　姉は泣いていた弟ははしゃいでいた」って、うまいなあと思う。やがて姉の言うままに弟は母を殺し、復讐の女神たちに追われてギリシャ中をさまよう。この世界ではいつだってそそのかすのは姉で実行するのは弟なのだ。夫は出征先で多くの女を犯して凱旋し、たった一人の愛人を作った妻の罪を問うのだ。この不変の構図が詩の枠となる。

あるいは、遠征したオデュッセウスを待ちながら孤閨を守るペネロペイアに言い寄る求婚者たちの後の思いを書く「敗者の言い分」。きみたちの言うことにも一理あるよな、と思わず笑う。彼らと同時に縊り殺された侍女たちの言い分についてはマーガレット・アトウッドの『ペネロピアド』といういい小説があった。

詩としての達成は目で行を辿り、響きを口にすればわかる。考えと思いが言葉を引き出し、言葉は神話の空間や現実の今のギリシャの街路や遺蹟や山野に舞う。リズムを組み立て、リズムをはずし、雅語と卑語を綯い交ぜにし、ずんずんと押し出す。

そこに知的な挑発がある。ちょっとした検定。アガメムノンたちアトレウス一族の悲劇や、織ってはほどいたペネロペイアの織機の話は初級だろうか。中級になると、例えば「海辺の墓」。ここで秘かに悼まれているのはエルペーノール、『オデュッセイア』にちょっとだけ登場する水夫だ。帰国の旅の途中、彼は酔って家の屋根から落ちて死んだ。およそ英雄的でない死だが、それでも冥界に行った彼はたまたま冥界を訪れたオデュッセウスに、せめて櫂一本でもいいから墓標を立ててくれと頼む。「人はみんなみんな　人生という海の難破者」、なるほど。

幸運にもぼくはこの詩人とギリシャ文化圏を共有してきた。アテネに住んでいた頃に来駕いただいたこともあった（正に「つい昨日のこと」だ）。同じ仲間に多田智満子さんがいらした。その名を「私とギリシア　あとがきに代えて」に見つけて懐かしく思ったことだった。

多田さんもギリシャがらみの機知の詩人で、例えば「アルカナイから来たアルキダス」という一行があった。まず、アリストパネスに「アカルナイの人々」という喜劇がある。そして、もちろん、アルキメデスという大学者がいた。この二つが日本語を介して彼女の脳内で接合した。

こう考えると、ぼくはこの詩集のなかなか特権的な読者かもしれない。

詩の多島海——蜂飼耳

古代ギリシアを自らの詩の出発点と位置付ける高橋睦郎が、はじめてそのギリシアと正面から向き合った詩集を刊行する。文字を通して文学や哲学などの古典ギリシアと出会ったこと、また現実のギリシアへの最初の旅、いずれも昨日のことのようだと、振り返る。そこから生じて、詩集のタイトルは『つい昨日のこと』という。

古代ギリシアといえば、ホメロスの『イリアス』『オデュッセイア』などが浮かぶ。アイスキュロス、ソフォクレス、エウリピデスの悲劇は、神々と人間をめぐる聖と俗、生死や愛憎の激しさを捉え、現代へも届く世界だ。この詩集にはそうした古典ギリシアとの鮮やかな共鳴が随所に見られる。作者が長い歳月にわたって大切に読み、思いをめぐらせて来たことの数々が伝わってくる。

古典ギリシアについて書くのではない。作者が自分自身について書くのでもない。古典ギリシアと、作者自身の、あいだに視点がある。というより、そのあいだに、ふいに亀裂が走るのだ。その亀裂から湧き上がる感情や感覚や思考が、一語一語に定着されるかたちで作品になる。この詩集の多くの部分を占める「つい昨日のこと」は、151の短めの詩から成る。各部分に作者が宿ることはもちろんだが、同時に、151の詩を断片のように扱い、配置し、繋いでいく構成が驚異的で圧倒される。そこには独特の呼吸がある。

現実のギリシアの旅が描かれたかと思うと、次の詩では古典の叙事詩へ移り、また次の詩では神話から歴史へと移行したり、作者の観察や思念で纏め上げられる詩へと展開したりする。その姿や方法は、日本語の詩歌の世界に重ねてみるなら、たとえば連歌の独吟のようだ。転じるときの思い切りのよさは爽快ですらある。そこには、作者が同時に一読者の目となって眺める視点がある。

作者にとってのこれまでの詩の歩み、詩を通してのさまざまな出会い、また出会いから生まれた詩の瞬間のすべてを、注ぎこむかのように編み上げていく呼吸。151の詩を読むことは、その呼吸を受け取ることにほかならない。そこでは夜は昼となり、死は生となり、生は死となる。愛は憎しみに変わり、憎しみにも愛が生じ、老いは若さにすり替わり、若さは瞬く間に老いに呑まれる。光は闇となり、闇に光が生まれ、まざり合い、人間を取り巻くあらゆる事柄に対する、なぜ？　なぜ？　なぜ？　という問いが、飽くことなく投げかけられる。

あとがきに「ギリシア古詩もまたなぜ？と問うことによってヨーロッパ詩の源となった」とある。問うこと、それによって原点を追い求める古代ギリシア人の在り方に、高橋睦郎は強く惹かれて来たようだ。問いと詩は、人間にとっての詩がはじまって以来、いつも近い関係にある。その関係を、人間は古来、手放したことはない。

クレタ島のクノッソス宮殿を描く詩「迷路」に次の詩行がある。「私たちが眩しく迷うのは私たちひとりひとりの抱えこむ謎が／暗くも曖昧でもないこと　明るく正確であることこそが／謎の本質だ　と知るため　その真実を知ってしまったら／爾後　私たちの足の向くところ　路という路がすべて迷路に」。光が闇へと反転する。見えている、と思ってしまうこと、それこそが謎なのだ。眩しく迷う、という言葉が心に跡をつける。刻むように跡をつけながら通過する。

詩「夢魔」の冒頭に、「もの心ついてこのかた　夢のない眠りを知らない／それも一晩に四つ五つ　多いときには十以上も見る」とある。この詩集を読んでいると、次から次へ移り変わる夢を見ている感じがする。展開そのものに夢見の感触がある。

　移り変わっていく夢は、よく見ると、一つ一つが島だろう。いくつもの島から成るギリシア。船に乗り、青い海、詩の島々を、オデュッセウスのようにめぐるのだ。多島海のような詩集。日本語の潮騒が、高橋睦郎の抱える多層的なギリシアを伝える。移り変わる詩の夢の中、はじめての風景がゆっくりと目を醒ます。

自由人・高橋睦郎 ── 松浦寿輝

　いったいなぜギリシアなのか。「ソクラテスがこの辺りを歩いていたのはつい昨日のことだ」(『私たちのギリシア人』)というケネス・ドーバーのなまなましい実感が可能となった理由を、高橋睦郎は、「古代ギリシア人の発明にかかる思弁の力によるものだろう。彼らは人類史においてはじめて、すべてのものごとの原点をなぜ?と問いつづけた」からだと説明する(「私とギリシア　あとがきに代えて」)。そして、では「何のためのなぜ?か」とさらにもう一段階問いを深め、それは「問う者ひとりひとりが真に自由であるためのなぜ?ではなかろうか」と答えている。

　この「自由」の二字がわたしの眼を射抜く。自由、それこそジャンルの垣根を越え国境も性差も越え、奔放に運動しつづけてやまない高橋睦郎の詩精神の核心に位置する徳(ヴァーチュ)=能力ではなかろうか。ヘラスの人――ヘレニスト高橋睦郎。それは彼を自由人と呼ぶこととほぼ同義である。「私はギリシアを呼吸した　すなわち自由を／何処にも存在しない　真空のような自由を」（「94　ギリシアとは」）。本書『つい昨日のこと　私のギリシア』をわたしは、自由というこの窮極の徳の源泉をめざして高橋氏が敢行したはるかな旅の、霊感に満ちた紀行日誌（トラヴェローグ）として読んだ。

それはまず、みずからの半生を遡る旅である。十三歳、たまたま手にした呉茂一訳『ギリシア抒情詩集』からただちに受け取った蠱惑。三十一歳、初めてギリシアの地を踏んだ輝かしい夏の記憶（「うたたねのめぐりで　世界は柔らかそのものだった／柔らかい世界に包まれていると　何でも出来る気がした」（「1　一九六九年初夏」））。ひいてはつい最近の旅の途上での痛切な感慨まで（「こんどの旅も　よく眠った［…］／五十年前の初旅が　甦ったかのよう／違いは　眠るのが三十歳の青年ではなく／八十歳の老年だったこと／見守っているのが　愛の神ではなく／愛の神のふりをした　死の神だったこと」（「51　眠りの中で」））。しかし、この旅は当然、さらに数千年の歴史を遡行し、古代ギリシアそれじたいを遍歴する旅となる。それもまた「つい昨日」のことと感受されるからである。

この一書は巨大なカオスである。そこには有名無名を問わず、地位身分の貴賤を問わず、多くの人々が登場し（犬や猫まで！）、多種多様な生のありようを演じてみせる。ギリシアという四文字の暗号コードによって解錠された記憶の蔵から、高橋氏自身がその半生のあいだに体験してきた様々な記憶（主に性愛の）がどっと溢れ出す。このマジック・ワードをきっかけに、キーツ、シェリー、ポー、ディッキンスンまでもが呼び出され、ニーチェ、リルケ、ボルヘスさえへラスの人と化す。

高橋睦郎の詩精神の奔放な運動、とわたしは書いた。和漢洋にわたる膨大な教養空間を、またオペラから謡曲にいたる多様な詩形式を、自在に駆けめぐるその躍動のさまを前にして、たとえばコクトーを想起しつつ、高橋氏にもまた軽業師（アクロバット）の異名を呈してみたいという気持ちに誘われないでもない。しかし、ひとくちに軽業と言っても多種多様である。中でも高橋睦郎の詩業の譬えとして最適なのは、綱渡り芸人（フューナムビュリスト）のパフォーマンスなのではあるまいか。俗と聖のあいだ、定型と自由律とのあいだ、日本の和歌とギリシアの古典詩とのあいだにぴんと張られた一本のロープのうえを、極度に緊張し、かつ同時にえも言われぬ愉楽を覚えつつ、彼は鮮やかに渡ってゆく。自由は、逆説的ながら、決して足を踏み外せないそのタイトロープのうえにこそ在る、いやむしろそのうえにのみ在る、と知悉しているからだ。

タイトロープ・アーティストには、綱のうえでからだの平衡を保つために、一本の棒を両手で胸の前に支え持ちつづけることが必要不可欠である。あの棒を彼は、この渾身の詩集で、ヘラスと名づけてみせた。そういうことではないのか。

本書の中では膨大な数の人々が詩の舞台にのぼり、束の間自分に当たったスポットライトを愉しみつつ、一人一人が稀代の名優のように、真実や嘘、預言や戯言、詠嘆や韜晦、頌讃や悪罵を叫び、語り、囁いている。その中にはもちろん、一人称で「私は……」と語り出す著者自身も含まれる。しかし、その「私」ははたしてほんものの「私」なのか。全篇を読み通した後、わたしには、それらおびただしい人々のうち高橋氏自身のセルフ・ポートレートにもっとも近いのは、結尾に置かれた詩篇「家族ゲーム　または　みなごろしネロ」に描き出された暴帝ネロの肖像なのではないかと思われた。

どこからそんな妄念が来たのか、よくわからない。徹底的な殲殺の悪行は、徹底的な自由人にのみ可能だからだろうか。では、自由の徹底は、畢竟、人を魔界に導かずにはいないのか。

強弓くらべの殿り（しんがり）に出しゃばり　俺たちを残らず騙し討ちに射殺した
こんな正義があるというなら　冥王にもお妃にも公平に裁いてもらいたい
――こうぶつぶつと呟きながら　血まみれの霊魂たちは一まとまり
冥界の吐気のする霧の中を降りていったものだ　ふらふらと

16　英雄ぎらい　反アレクサンドロス

英雄が嫌いだ　英雄は私たちなんか愛してはいないから
彼の意向に従わなければ　都市も　住民も　焼き尽すから
詩人の家を焼かず残したことは　言いわけにはならない
詩人が生きていたら　やすやすと彼に従ったとは思えない
そのときは　詩人も　その家も　焼き尽されてしまったろう
英雄が出なければ世界は変わらない　という輩（やから）があるが

世界が変わるために殺されたのでは　たまったものではない
変わらなくっていいんだ　世界も　私も　いまのまんまで
変わることは　変わっただけ　終わりに近づくこと
そんなに変えたければ　勝手に自分の世界だけ変えて
自分の世界ごと　退場してくれ　私たちに関わりなく

17　選択

テルモピュライ

誰の人生にも　幾度かのテルモピュライ
その隘路を守る精衛　攻め寄せる大群
ねがわくは　守って一兵残らず滅び果てても
数に委せて攻め滅ぼす側には　なりたくないもの
とりわけ　敵に間道を内通する裏切者には

どれも　可能性としてのきみ自身
守る側に立つのも　攻める側に廻るのも
生き残るため　卑劣漢になり果てるのも

18　ペリクレスに

人類史の中で　あなたが最もあなたらしくあったのは
光の中の市民を前にした　戦死者追悼演説の輝かしい時ではない
闇の中　疫病に占拠された自分を　孤独に見つめていた死の時
その疫病の病原菌は傲慢　その傲慢がとどのつまりあなたを滅ぼし
あなたのアテナイを滅ぼし　ギリシアなるものを滅ぼすだろう
何千年ののちにはヨーロッパを　地球を滅ぼしてしまうだろう
しかし　とりあえずは自分自身を見つめ　看取ること

感染を怖れて　友人たちは去り　家族も　奴隷たちも失せ
あなたははじめて　あなた自身と向きあうことができる
そのとき　あなたをひしひし取り巻くのは　濃い闇だけ
やがてあなた自身闇になる　すでになかば闇になりながら
あなたはそのことを意識し　その意識もいつか闇になる

19　アルキビアデスに

美しい者がどこまで醜くなれるかを　きみは身をもって証明した
アルキビアデスよ　その家柄と体貌とで　夭（わか）くすべての妻から夫を
長じてはすべての夫から妻を奪ったとは　稗史（はいし）の等しく伝えるところ
その過信がきみの増上慢（ぞうじょうまん）を育て　自分以外の何者をも愛せなくした
他に抜きん出てのし上るため　国と国とを離反させ投降者をみなごろし

戦費をひねり出すべく成算なく遠国（おんごく）を攻め　召還されると敵国に身を売り
母国の弱点を暴露して敗戦に導き　しかも自分を受け容れた敵の王妃と密通
鉄面皮にも策を弄して母国に凱旋　ふたたび弾劾されて逃亡中の閨に付け火され
まる裸で跳び出しざま槍と矢とで貫かれた　してこと切れたのちも笑止千万
勃（た）ちっぱなしだったとか　醜さも極まれば美しさを凌駕していっそ眩しいと
これは二千五百年のちの　およそ才覚のない老書生のしがない感想

20　凡人の権利

英雄たるもの　須（すべから）く夭（わか）くして倒れるべきこと
それも考えられる限り　悲劇的な状況で
生き伸びた英雄は　必ずぶざまな暴君になり果てる
兵（つわもの）を殺すアキレウスは　姦婦に謀殺されるアガメムノンに

アレクサンドロスは　栄光の三十歳で熱病に罹り
急死したことで　辛うじて英雄にとどまった
八十歳になって彼らの優劣を論(あげつら)うたのしみは
英雄にも暴君にもなれなかった草莽　我らのもの

21　投票者いわく

陶片投票(オストラキスモス)はやめられない　なぜかって？
だって　観客席の取るに足りない身をもって
舞台の主役の筋書が変えられるてんだから
自分たち　有象無象に君臨する一廉(ひとかど)の人物の
追放も　死刑も　サイコロ次第なんだから
おまけに　後で間違いだったってわかっても

何の責任も取らなくっていいと　来やがる
つね日ごろ　奴(やっこ)さんらの言いなりだから
それぐらいさせてもらって　お合いこさ
最後のお裁きは歴史　なんておっしゃるが
死んだら合財(がっさい)　忘れられちまう俺たちのこと
痛くもなけりゃ　痒くもないさ

22　サイコロ遊び

人に生まれるか豚に生まれるかは　神神のサイコロ次第
豚に生まれれば　首に刃を入れられて　血を滴らせられる
血の滴りは大きな円のかたちに　円が閉じると裁きの始まり
その裁きがどんな結果になろうと　神神の名において　すなわち

豚の血の神聖さにおいて　人は従わなければならない
人に生まれるのと豚に生まれるのと　どちらが倖せか
それも　気まぐれな神神のサイコロの目が決めること

23　ポリスは永遠

ポリスという政治形態は遠い過去のものだ　という
すでにペロポンネソス戦役の時代に機能しなかった　という
果たしてそうか　機能する　しないとは別に　いまなお健在
すくなくとも残存しているのではないか　なぜかとならば
私たちひとりひとりがポリス　表面にこやかに対応しながら
本心では敵対　つねに先方の出方を窺って　警戒怠りない
絶えず世の風向きを見て　城門を開いたり閉ざしたり

城門のうちに敵対する何派もがあることも　往時に同じ

24　現実は

古代ギリシアはお昼と夕餉の二食
献立ては　大麦の粥一杯と数箇のオリーブ
真水と半半で割った葡萄酒を少量
ときに魚　まれまれに鶏か羊の肉料理
着るものは　裸に白布を巻きつけるだけ
夜は解き捨てて　上掛けに掛けて寝た
部屋には　家具らしい家具もなし
ギリシア好きを標榜しながら　贅沢三昧
私たちは　ギリシアから冥界ほども遠い

25　女部屋のギリシア

みんな女部屋で育った　石屋も　皮革屋(かわや)も　金鉱持ちも
火と　粉と　魚の匂う　日の差さない　女の領域で
詩人も　演説家も　将軍も　例外なく母親っ子だった
どいつも　こいつも　泣き虫で　内弁慶で　甘えっ子
それが　声変わりするやいなや　日当りのいい男部屋へ
付き合うのも　父親の知り合いか　兄たちの仲間だけ
酒や食べものを運んでくる母親や姉には　渋面で対応
母親っ子を卒業するため　老いた娼婦を呼び後ろから姦(おか)す
乳房の慕わしさの女部屋は　女陰のおぞましさの女部屋に
誰のせいでもない　男の下らぬ自尊心から出たことなのだが

26　願望

男たる者　おもてむき　どんなに強がっていても
どいつも　こいつも　ひそかに殺されたがっている
それも女に　いちばん身近な母親に　妻に　恋びとに
そうでなければ　見も知らぬ女たちの群に　でもよい
オルペウスのように　首を引き抜かれ　海に投げこまれる
ペンテウスのように　手も　足も　胴体から引きもがれる
それこそが　男たちの口に出せない望み　口に出せないぶん
威張りくさっている　女たちよ　せめて無視してやれ
生かさず殺さず　生殺し　それでは喜ばせすぎだろうか

27　プラタナス　アテナイ郊外

おう　プラタナス　広い千の葉のいっせいにそよぐ木
肩幅の広い知恵の人　プラトンが　とりわけ好んだ
記憶の中の師　ソクラテスを　彼の愛する若者たちともども
連れていき　歌うせせらぎに程近い木蔭に　腰をおろさせた
彼らに果てしない対話を娯しませることで　自分も娯しんだ
はるかのちの日のわれらも娯しむ　言(こと)の広い葉たちの蔭で

28　ヘルメスの実

浅い木箱いちめんに敷きつめた　無花果の葉

かち割り氷を散らして乗せた　黒紫の無花果の実
二十か三十か　どれもびっしり露を噴いて
若い男が地べたに尻をついて　売っているそれを
箱ごと買って　午後の粘い日差の中を急ぎ
ホテルの部屋でひとり　きりもなく食べた
食べ終わって　日色の弱った道を戻ってみたが
たしか五つ六つ積んであった箱ごと　売れてしまったか
博物館のヘルメス像を思わせた若者は　もういなかった
ひょっとして　さっき無花果といっしょに連れてきて
ベッドの上で　あられもなく貪り食ってしまったか
以後　無花果をたわむれにヘルメスの実と呼ぶ

29　青空

神神や半神たち　墓碑や壁画に疲れた目を休めるには
階下のレストランの庭のみどり　みどりの中のテーブルで
遅い中食を摂っていると　近づいてきては　首を左右に
パンやサラダをしきりにねだる　放し飼いの陸亀たち
地上に出現して一億年　半神たちや神神よりはるかに古い種族
パンに飽きると踵を返して　植込みのアカントスを貪りはじめる
葉という葉が食い尽されようと　憂うるな　それらはまた生えてくる
神神が失せても　人間が滅びても　青空は青空のまま

30　眠りの後に

有無を言わせぬ激しい眠気が　午後の時を支配している
正体なく眠りこけているのは　人間ばかりではない
道も　樹樹も　その影も　それらの上の雲一つない青空も
開け放した窓から　部屋の中の闇の部分を窺う
羽沓を穿き　羽杖を手にした　不吉な横顔の若い神
やがて　眠り足りた人は　起き上がって　戸外へ
涼しい風の立つ光の中へと　ゆっくりと歩み入る
眠った分だけ死に近くなった自分に　気づかずに

31　光と闇

夏の光の中で　考える人は　考えつつ語る人
歩きつつ考え　立ち止まり　しゃがみこむ
棒切れを拾って　土の上に何か書きなずみ
顔を上げては　また　きりもなく語りつづける
語り疲れると　屋内の闇に帰っていくが　そこは
考える空間ではない　子供が泣き　女が喚く場所
考える人が考えることを止め　汗まみれで眠りこけ
目覚めて　ふたたび　考える人に戻るための

32　目覚めよ

雄鶏を一羽　アスクレピオスに献げといてくれないか
かの人の最後の言葉によって　雄鶏は祝別されたはず
それだというのに　後世の大切にするのは雌鶏ばかり
その雌とても　狭い小舎にぎゅう詰めにして　卵を量産
産まなくなるとひねり毟って　鶏肉屋の調理台へ送られる
雄はそれ以前に成長しては姦しいと　雛のうちに潰される
かの人もデルポイからの使者よろしく　虚仮(こけ)　コケコッコー
汝自身を知れと　告げつづけたばかりに　潰されたもの
潰されて精神の雄鶏と甦り　なおも告げる　覚めよ起きよと
それでもなお　私たちの蒙昧の眠りは深く重たい

33　旅

ボイオティア

腰を下ろすための石があるのは　いいことだ
掬って飲むための泉があるのは　いいことだ
一休みして立ちあがり　また歩き出す
趾（あしゆび）の先先　日の照りつける　まぶしい道
歩く者の影は　乾いた土に吸われつづける
歩き疲れた爪先に　いつか夕暮が来る
歩き止めて食事を摂り　身を伸べるときだ
眠りの中で　死者たちと睦み和むときだ

34　不在

エピダウロス

円形劇場の擂鉢（すりばち）の底に立つ旅人は
なぜ両の手を打ちたくなるのか
打ちならしながら　擂鉢の上辺を見るのか
そこに耳を聳（そばだ）てる自分はいないのに
いるのは演劇の神　ではなく
底のない青空　青空という名の無
旅人よ　ここに来て　きみはついに不在
世界という不在の擂鉢の底で

35　ドドナにて

おう　ドードーナ　ドードーナ
それは地名である以前に　烈しい風音(かざおと)
切り立つ岩山の下　聳える樫の高木の　千の万の葉を
ドードー　ドードー　いっせいに鳴らす響き　どよめき
しかし　風が起こるのは　雲多い天の最中では　ない
風のみなもとはいつも　おまえ自身の胸奥(むなおく)の　肉の鞴(ふいご)
肺胞の中の　湿った生臭い闇こそが　ドードーナ
その真実を　あらためて識るために　旅人よ
海を渡り　幾つもの峠を越えて　はるばると
この地の涯に　おまえは来た

36　迷路　クノッソス

この　掘り出され　真夏の日差にさらされた　明るい迷宮
入り組んだ迷路の　そこここに散らばって立つ私たちは
二つの蹠（あしのうら）のほか　染みほどの影も持たない真昼の迷（ま）い子
裸の顱頂（つむり）も　匿れた腋窩（わきのした）も　じっとりと汗ばみながら
私たちが眩しく迷うのは　私たちひとりひとりの抱えこむ謎が
暗くも曖昧でもないこと　明るく正確であることこそが
謎の本質だ　と知るため　その真実を知ってしまったら
爾後　私たちの足の向くところ　路という路がすべて迷路に
帰り着いた故国の　わが家に向かう道路さえ　路地さえ
わが家さえ　わが家の鏡の中の　自分自身の肖（に）すがたさえ

37　タコ

泳ぐタコ　匿れるタコ　墨噴いて遁走するタコ
月の夜に海から上がり　八本足でスイカを抱くタコ
北の国国では　悪魔の申し子なんどと忌み嫌われるが
南の島島ではことのほか好まれて　食卓に再再のぼる
なかんずくギリシア人のタコ好きは　由緒が古い
観光客が引きもきらない　イラクリオン博物館の陳列棚
ミノス王の大壺を抱いているのも　紀元前千五百年の大ダコ
ギリシア人の先祖代代お得意の航海術は　誰あろう
クレタ人から受け継いだもの　タコ好きといっしょに

38　少年に　その名はエペボス　イスタンブル考古学博物館

全身を包んだヒマティオンを　いまにも脱ぎ捨て
真裸になろうとする　ギムナジウムの少年よ
きみの年齢(とし)は十五？　それとも十三歳？
ではなくて二千歳　だとすれば　きみの　その
匂い立つばかりのみずみずしさは　何ゆえ
理由は　その先にある成熟を拒んだこと
成熟につづくのは頽廃　更なる先は衰亡
少年よ　慎しみの衣を脱ぐな　構えて
欲望の目にさらされた稚(おさな)い肉は　成熟を経ず
頽廃さえ通ることなく　まっすぐ衰亡へ
無責任な賞賛を浴びたい　軽薄な夭(わか)さが
ことごとく辿ってきた　宿命のなれの果てだ

39　出会いは

二千五百年前の二十歳と　二千五百年後の八十歳が
愛しあった　それを不似合いの二人と　きみは言うか
八十歳の二十歳への愛は　何処から見ても　掛け値なしの純金
二十歳の八十歳へのそれも　金メッキではない　と思いたい
この奇蹟の恋愛譚（こいものがたり）の作者は　偶然あるいは偶然の仮面を被った必然
どちらにしても出会いはやすやすと時空を超える　ということ

40　二つの瓶絵

この瓶絵（かめえ）の髯の男は指を伸ばして　向きあう少年の皮かむりを愛撫

別の瓶絵の大人は　後ろ向きの青年の尻の向こうの締まった睾丸を掌に包もうと
これを猥褻というのはたやすいが　仮に比喩と考えてみるのは　どうだろう
夭い感性の尖端に刺激を与えるとか　瑞みずしい存在の中心を暖めようとするとか
教育の核心のエロスの発見者として　ギリシアを讃えるのは　間違いか

41　薊の木

アナトリアで

この乾燥した土地では　アザミも木になる
燭台のように枝を伸ばした先には　紫の花
紫の花は　やがて茶色に　ついには白になる
堀り起こしたその根は　とろとろに柔かく
老人の衰えた精を養う　という
お化けアザミの精のついた老人は?

美しい花は咲かせず　棘だらけ
近づく人をやたら刺しに刺す

42　排泄するギリシア　エペソス

この古代都市の大通りにある公衆便所の遺構は
あのギリシア人たちも排泄したのだ　と気づかせてくれる
かの腰をひねる円盤投げの若者も　自らの蹠(あしのうら)に見入る棘抜き少年も
愛するヒュアキントスをいとしげに見守るアポロンを象(かたど)る愛者も
その美しい肉体の内側には　なまなましい腸が走り　わだかまり
腸のかたちの糞便が絶え間なく蠕動し　移動していたのだ
あの尻の美しいアプロディテも屈みこんで　脱糞したし
そのとぐろを巻いた糞塊には　黄金の蠅が群がったのだ

絶えず排泄したゆえにこそ　ギリシアはギリシア

43　逃げる海

ハルカリナッソス　ミレトス　エペソス

海は逃げる　沖へ　沖へ
河が日日運んでくる　泥を嫌って――
港は埋まり　船たちは乾いて　弾ける
住民は四散し　都市は見捨てられる
……五百年　……千年　……二千年
忘れられた鳥瞰図に　埃が降り積もる
ある朝　耕しの鍬が神の頭部に衝たり
畑の下から　古代の殿賑が掘り出される
いまは　パックツアーで混雑する古代大通り

歩き疲れた孤独な旅人の目は半日　海を捜し
やっと見つけた貧しい漁港で　魚を食べる
遺跡の床のモザイクで見たのと同じ　舌鮃

44　岸辺で　スカマンドロス河

パンタレイ　すべては流れる　滔滔と　轟轟と
岸辺で放心して　見つめている私も　流れる
私というのも　つねに私でありつづけるわけではない
私というからだとこころを　仮の容れものとして
時が　時という幻が　流れつづけているだけ
容れもの自体　そのうち溶けて　流れ去るだろう
流れ去る　そのことさえも　流れ去る

何もない　何もないことも　流れ去る

45　谺

下から見上げて　その高さ十メートルか
上って歩いて　百歩か　ややその余りか
このちっぽけな砦址（とりであと）が　難攻を謳われたトロイア
十年攻めあぐね　奸計でようやく落ちたイリオン
事実は　強欲に目を血走らせたならず者どもの俄（にわか）軍団が
豪富の噂高い一族を急襲した　後ろめたい記憶
その　言いわけの　でっち上げの英雄たち　美女たち
彼らの雄叫び　彼女らの嘆きの声は　いまも虚耳（そらみみ）に谺（こだま）する
見はるかす戦さの野に　波を立てるのは　いちめんの青麦

叙事詩の海ははるか沖へ逃げて退（しさ）って　二千年　三千年

46　旅みやげ

このさにつらう円い小石は　ミュティレネの
波打ち寄せる渚に遊んで　拾ってきたもの
その昔　竪琴に縛（いまし）められて　オルペウスの
うたう生首が　流れついた　という　そしてまた
声うるわしいサッポーが　少女たちの白い手を取って
悩ましい愛の技（わざ）を教えたという　名高い詩（うた）の島
それらの事跡をしのばせる　どんな記念（かたみ）も
現つのレスボスには　何一つなかったもので

47　詩人と盲目

考古学的に貨幣史を溯る限り　原初のホメロスは盲目ではなかった
港の高台の涼しい木蔭　疎らな聴衆を前に　熱心にあなたは語った
テネドス　伝説のアカイア勢が　退却と見せかけて船団を匿した島だ
ではどんな理由で　後世は詩人を盲目にしなければならなかったのか
湧いてきた疑問を唾といっしょに呑みこんで　葉越しの太陽を仰いだ
それは自ら時間をかけて解かねばならぬ問題だ　と思ったからだ
翌朝は　太陽の昇るトロイアにむかって　『イリアス』を朗読した
ギリシア人はギリシア語　トルコ人はトルコ語　ドイツ人はドイツ語で
もちろん私は日本語で　朗読しながら　おりおり目をつぶった
太陽が　そして叙事詩の語る英雄の敵の老王への労わりが眩しくて

48　ホメロスを讃えて

むかしテネドス　いまの名トルコ語ボスジャーダ
そのかみアカイア勢が　軍船数百を匿したという島の入江に
われら　世界じゅうから集まりつどう　ホメロスを愛する者ら
ひとりひとり　オリーブの葉の冠をいただき　はるか東方
日のさしのぼるトロイアに向けて　朗唱の声を挙げる
ことし共通して開くのは『イリアス』第二十四章
声はめいめい　お国言葉の　バルバロ　バルバロ　バルバロ
夜陰に紛れて敵陣を訪う老王も　迎える英雄も
慇懃な互いの挨拶は　バルバロ　バルバロ……
われら　共通してバルバロスという名のヘレネス

49　男と女

男どもよ　この妾（わたし）を　砂浜から道へ抱え挙げよ
日の昇るトロイアに向けての　朗読祭の終わり
満月のように豊かに肥った老女優は　宣うたものだ
しかし　こんにち男の名に価する男はいるのか
そもそもいたのか　あの輝かしかった神話時代にも
デルポイのアポロンの股間は　小児（しょうに）の皮かむり
エペソスのアルテミスの腹には　百の乳噴く乳房
英雄たちは奸婦の気まぐれに　いつも右往左往

50　崖　シンダクマ広場

店の名はO Tzizikas ke O Mermigas（オ シジカス ケ オ メルミガス）　戯れに訳して蟬蟻亭（せんぎてい）
もちろん出どころはアイソポス　遊び好きも働き者も歓迎というところか
さて私は蟬と蟻のどっちだろう　さんざ蟻のように働きつづけてきたから
いま蟬のように遊ばせてもらっている　とりあえずそういうことにして
カラフの白ワインを傾ける　ドルマデスとギリシアサラダの皿をつつく
飲みながら食べながら思うのは崖　アイソポスが群集から突き落とされたという
落とされた理由は吐きつづけた嘘　むしろ嘘に包まれた聞きたくない真実
逆に私が書いてきたのは真実めかした嘘　崖落としにも価（あたい）しまい

51　眠りの中で

こんどの旅も　よく眠った
汗を噴き　汗の額をそよ風に弄らせて
窓を開きっぱなしの夜の宿では　もちろん
昼間のバスでも　遺跡の木蔭でも
五十年前の初旅が　甦ったかのよう
違いは　眠るのが三十歳の青年ではなく
八十歳の老年だったこと
見守っているのが　愛の神ではなく
愛の神のふりをした　死の神だったこと
うつらうつら眠りつつ　私は気づいていた
死の神が　愛の神よりはるかに優しく
はるかに若わかしいこと

52　倖せ　それとも

Kouros（クウロス）たちよ　Kore（コレ）たちよ
あなたがたは人間にして　神神
あなたがたのかけがえのない　尊い犠牲によって
かろうじて　いまここに私たちは在るのだから
おう　あなたがたの頭上の奈落　足下の青天
あなたがたの頭は冥界に昇天し　両足は天界に落下し
その結果　私たちは永遠に宙ぶらりん
倖せにというべきか　それとも不倖せにと？

53　墓碑の注釈

ケラメイコス

夏には生よりも死が似合う　それも老いた死より若い死
神神に深く愛された者とは　いみじくも言い得たものよ
神神に準（なら）って人間も　若い死をこそ手放しで愛惜する
老いた死はそのままでは悼めない　なにか皮肉を加えないでは
若く死に損ねたからには　悼まれる側ではなく悼む側に回ろう
若者を悼む老人なら　きびしい世間も許してくれよう
皺む口元と掠（かす）れた声は　喪われた若さへの嘆きに　それも
夏の真昼の　翳りのない光の中でこそ　ふさわしい

54　海辺の墓

難破者は無名者　その墓標には櫂を立てた
櫂の墓標は根のない木　遠からず朽ち果てる
その前に立つ人とて　いつの日か退場する
人はみんなみんな　人生という海の難破者
名ある人とても　その事跡はやがて忘れられる
波だけが燿き暗み　葬いの歌をうたいつづける

55　美しい墓

最も美しい墓は　難破者のための櫂の墓標

逆さに立つしるしの下に　しばしば墓主の屍（かばね）はない
それは波に漂って溶け　知らない渚を舐めている
人間は誰もが　最後は世間という鹹（しおから）い海の難破者
すこしずつ忘れられ　ついには無になる記憶には
朽ちない石より朽ちる木のほうが　ふさわしい
だが　もっと美しいのは朽ちるべき墓標もない墓
寄せては返す海が塚で　ときに立ちあがる虹が墓標

56　断片を頌えて

詩はついには断片（フラグメント）　彫刻はとど胸像（トルソー）
歴史は完璧な美を　無残に打ち砕いたが
同時に　私たちの想像力を鍛えてもくれた

私たちは　残された部分から　在りし全体を
在りし全体を超えて　あらまほしかりし完型を
想像する　むしろ創造することに　導かれる
喪われた頭部は　持ち去られた腿は　元の箇所に
戻って微笑む　何ごともなかったかのよう

57　断片

歴史の苛酷は詩をこなごなに砕いたが
その結果はマイナスばかりではなかった
引用によって僅かに残された断片は
かつて在った完璧な詩の　いわば精髄
それが放つ光は後世を惹きつけて止まない

そこから新しい詩が始まらなければならない
詩の生命力とは　絶えず始まりを産みつづけること

58　本能と修練

鹿を襲う獅子　獅子に襲われる鹿　と言いなおそうか
鹿を襲う昂りがあるなら　獅子に襲われる悦びもあるはず
この動物彫刻断片が　墓碑浮彫の愛する二人に等しく　美しい理由
私たちはあるとき襲う者であり　べつのときには襲われる者
神のごとき彫刻家は知っていた　彼の魂以上に彼の腕が
左右いっぽんいっぽんの指先が　本能と修練とによって

59　エロス頌

ギリシアの神神の代表なら
逞しい壮年のゼウスではなく
若さの盛りのアポロンでもなく
エロス　但し愛くるしい少年ではなく
マンティネイアの婦人が　若いソクラテスに
語ったという　年齢不詳　ごつごつした
乞食の姿(なり)の　それでもなくて
天地開闢の卵から　孵(かえ)ったという
恐ろしい鳥のかたちの　異形のもの
この怪生(けしょう)の力によって　すべては立つ
天上の神神も　市場の人間どもも
地下の　影を持たない死者たちも

60　ディオティマ　たち

二千五百年後の私にも　マンティネイアの婦人がいた
それも一人ではない　人生の節目節目に異なる貌で
登場しては　そのつどエロスについて教えてくれた
当然エロスにもそのつど異なる貌　その変貌こそが
エロスの本質なのだ　といまならわかる　こののちも
彼女は現われよう　つぎの貌は五歳の貴婦人か
幼ディオティマの説くエロスは　ひょっとしたら
二千五百歳の皺だらけ　歯の抜けたあかんぼ

61　曙の指

灯（ともしび）ひとつない真夜中の闇は　輝く明日を用意している　と見えた
しかし　明けてみると　いつも昨日に変わらぬ　薄よごれた今日
そこで　せめて「曙」に　枕詞（まくらことば）「薔薇色の指持つ」を与えた
その指とて　見る間に爪先に青黒い泥をためた歪（いびつ）な指に
むしろ　はじめから病気の指なのだ　と知っていたからこそ

62　画家たちに

男神　女神　若者たち　少女たちの彫像を残した彫刻家より
描いたすべてを喪われるに委せた画家たちのほうが　美に叶っている

この世の美は仮のもの　その彼方にある真の美をこそ見つめよ
そうくりかえし言う智者の言葉さえ　真実へ到る道への躓きの石
まして彫像の胸の張りや腿の輝きに欲情して　どうしようという？
その作品が跡形なく滅び亡せたがゆえに　ギリシアの画家たちよ
あなたがたを讃えよう　讃えるこれらの言葉も消えて無くなれ

63　オルフィズム讃

光のギリシアだけでなく　闇のヘラスも　厭わず直視せよ
模範は　古代の地下の蟻穴の迷路に追いこまれた鑛(かね)堀り奴隷
彼らの絶望の鶴嘴が掘り当てたのは　金脈や銀脈ばかりではない
それら貴金属よりさらに貴重な　人間の生死の奥義なるもの
彼らの教祖が振り返ったとき　化(な)った石とは　その怖ろしい真実

その石をこそ求めよ　して掘り当てた暁には　明らかな言葉ではなく
謎として匿せ　後に続く者がつねに新たに　自ら掘り当てるべく

64　翅

ギリシア人はヘルメスの沓に着ける翅（つばさ）を　ファロスにも着けた
羽沓がヘルメスを迅速に何処にでも運ぶのと　まったく同じに
ファロスも持ち主を何処に連れていくか　予測もできない
だが　翅あるファロスの含む寓意は　じつはそれ以上
翅あるファロスはいつか持主を捨てて　彼方に飛び去る
ファロスに捨て去られてからの持主の人生こそ　まさに正念場
分別に翅が生えて真の知恵になれるかの　瀬戸際なのだが

65　ギリシアよ

私はギリシアに攫（さら）われたと呟く
ギリシアはそんな覚えはないと言う
私だけではない　詩に出会った者は
自分でも気付かず　ギリシアよ　あなたに
みんな　みんな　攫われたのだよ
なぜなら　詩を発見したのは誰でもない　あなた
我発見せり（ユリイカ）！　といえるのは　あなただけだから
二十一世紀のあなたは　忘れ果てていようとも

66　ギリシア病一

光の中の　剝き出しの恥部のような白い遺跡群
一夏をほっつき歩いた身には　以後の夏ごとに
自分のいまいる場所が　何処でもギリシア世界に
サンダル穿きで浜辺に出れば　群れ立つ人びとは
陶片追放の嗜虐にぎらぎら滾（たぎ）る　アテナイ市民か
欲にかられてトロイアの野に蝟集する　アカイア勢か
自身　見えない目で見渡す放浪の老詩人気どり
ギリシア病という奴だ　ひとり倖せな文学病

67　ギリシア病二

プロピュライア門から石段を下り路地を抜け　通りを渡り
街なかから振り返るアクロポリスに　遠近法は存在しない
すくなくとも　東洋風の水蒸気の　曖昧模糊の遠近法は
ギリシアでは　遠いもの近いもの　等しくやたら克明
以来　どんな対象も　正確無比に表現しなければ治まらない
極東の水の女神の曖昧には　曖昧の黄金分割比例を
それもギリシア病　ただし　不倖せな？　いいや
他人からどう見えようと　自分ではけっこう倖せな

69　ギリシア病三

何度となく　ギリシアに行った
来る日も　来る日も　ほっつき歩いた
アテネから飛んだローマは　ギリシアのつづき
そのあとのパリも　ロンドンも　ニューヨークも
ホンコンさえも　コスモポリスという名のギリシア
帰り着いた故国を囲む海さえ　エーゲ海の延長
ひとたびギリシア病に取り憑かれたら　諦めろ
死んで骨になっても　癒えることはない

69　ギリシアは永遠

彼らを日常　実効支配したのは　オリュンポス社交界のお歴歴ではない
名もない災いの神神か　顔のない復讐の女神たち　いずれ卑しい魍魎ども
それらは決った社（やしろ）を持たず　路地裏や家の中の闇を絶えず徘徊していた
いまのいまもいる　ありふれた人間に姿を化えて　どこへ？　そこへ？
ひょっとして　三つ揃いを一着に及んだきみもその一人かもしれない
われらの中でギリシアは永遠　とりわけ闇の　病んだギリシアは

70　海の発見

海の発見は詩の発見——六歳　はじめて海の青を見た

その驚きが　いまにして思えば　詩に導かれた遠い契機
だが　発見というよりは再発見だと　さらにのちの日
ギリシアに教えられた　クセノポンの『アナバシス』巻四（まきのし）第七章
目的を失ったギリシア傭兵隊一万人が　寒気迫る敵地の中
内陸の退却を続け　ようやく黒海沿岸に辿り着いた時の叫び
海（タラッサ）だ！　海（タラッサ）だ！　彼らにとってそれが海の再発見だったように
六歳の私の海の発見もじつは再発見　でなければどうして
驚きがなつかしさに変わったろう？　でなければどうして
七十数年後のいまなお　詩が私のすべてでありえよう？

71　病禍

それにしても不思議なこと　ギリシアを体験したのち

ギリシア化したのは　それからの日日ばかりではない
ひるがえって　それまでの日日　とりわけ少年の日日が
ギリシアの光と影とを　くっきりと帯びてしまった
ギリシアの少年が　ギリシアの青年に　ではなく
ギリシアの青年が　きびすを返してギリシアの少年に
而うして　改めて青年をとおり壮年に　そうしていまや
黄色いギリシアの老人がここにいる　というわけさ
これをギリシア病と言おうか　ヘレニズム禍と言おうか
どっちにしても　倖せな病いであり　めでたい禍い

72　裸身礼讃

オリュンピアでは　若者たちは一糸まとわぬ裸

ピュティアでも　イストミアでも　ネメアでも
どんな小さな城市(しろまち)の体育場でも　生まれたまんまの裸
生まれたままだから公明正大　すこしも淫らではない
ギリシアの夏空のように　ひたすら清朗で健康そのもの
淫らにしたのは　それを見る目に入った梁(うつばり)のせい
梁ははるか東の沙漠から　海上を熱風とともに飛来
清朗を嫉み　健康を憎む偏狭な神が送った

73　ギリシアの冬

灰色の海面には嵐が吹き荒れ　屋ぬちには火が赤あかと燃え……
ロンゴスがなつかしげに語るギリシアの冬を　私は知らない
ただし　片鱗なら見たことがある　アッティカのとある浜辺　雪のちらつく中

下っ腹の出た老人男女十数人が　寒中水泳を始めようと騒いでいたっけ
ほんと　老人には痩せがまんが　痩せがまんには冬が似合う
若者に冬は似合わない　ことに眩しい裸の若者たちには

74　老いについて

いまにして思い知る　老いはなんとひりひりと老いなのだろう
なまなましく感じ　なまなましく苦しむ　まるで若者のように
いや　若者の比ではない　若者は好もしさの甲冑に守られているが
老人を守るものは何もない　あるものは醜さと頑なさだけ
そのくせ魂だけが剝き出しに無防備　これもギリシアが
教えてくれたこと　何も鎧わない赤はだかのギリシアが

75　若さと死

後世はギリシアに　永遠の若さを求める
しかし　ギリシアだって老いを免かれない
老いはすでに　古代アテナイにあった
七十歳で　凍結した道を跣足で歩いたソクラテス
彼さえも　老衰の果ての死を怖れていた
これなど　すでにじゅうぶんに老人鬱
彼は言いかがりの罪科に　これ幸いと飛びつき
敢然と　名誉ある受難の死を選んだ
老いの結果ではない　尊厳ある死を

76　若者と老人

若い視線は　目の前の老人を見ていない
素透しで　そのむこうの若さを見ている
老人は　彼らの目には　透明人間か
透明人間ですらなく　おそらくは　無
その無が勘違い　有のふりでもしようなら
若さは　贋ものの有を消さずにはおかない
しかも　その結果の血だまりなど認めない
そもそも無から　どうして血が出よう
だが　消された無が見るのは　若い有だけ
相変わらず　自分が無だとは認めることなく

77　四十年前と四十年後と

旅の行きずり　涼風のかよう木蔭の木のテーブルで
松脂入りの白葡萄酒を　ふるまってくれながら
「貴公(キリオス)は見たところ　たいそうお若いようだが
頭髪(かみのけ)に白いものが混るのは　どういうわけか」
四十年前の老人たちに　とっさに答えられなかった
四十年後のいまなら　微笑(わら)ってこうも答えようか
「あのときの生若(なまわか)い私は　ひたすら老いの知恵に憧れた
逆にいま生(なま)老いの私は　無知の若さを惜しんでいる」
同じ松脂入りの白葡萄酒のグラスを独り重ねながら

78　神聖喜劇

老いさらばえて尊厳ある自然死なんて　何処にもありはしない
あるのは　汚物と屈辱にまみれた　みじめ極まりない最期ばかり
七十過ぎてなお強健なソクラテスが何より怖れていたのは　それ
だからこそ　神界を否定した科(とが)に自死せよという　虚偽の判決を
かえって神神からの慈悲にあふれる贈りもの　と悦んで受け容れ
獄舎の夕べ　信奉者たちの嘆きに囲まれ　従容と毒杯を飲み干した
死の場面は描かないという作劇術暗黙の決めごとを　敢えて破り
もと悲劇作者志望の若きプラトンが　いきいきと描いたのは
この最期を大団円　すくなくとも喜ばしい破局と断じてのこと

79　究極の知恵

究極の知恵とは　こういうことではなかろうか
すなわち　よいことはすべて他人のおかげ
悪いことはことごとく　自分から出たこと
そう考えてなおかつ　悪いことしか起きなかったら
まったくもってありがたいと　知られぬ神に感謝すること
その悪いことが　きみをいっそう研ぎ磨いてくれるのだから
研いで磨いて　研磨の果てに磨り減って　きみがすっかり
消滅したら　悦ぶべし　きみはもはや苦しむことはない
きみはどこにも存在どころか　非存在もしないのだから

80　ヒポクラテスより

「メリポイエの青年　過度の飲酒と房事ののち
発熱が続いて病臥　悪感と嘔気を訴えた
錯乱気味だが行儀よく　沈黙を守っていた」
もし医聖が　症例の一つとして記録しなければ
二千数百年後に　知られることもなかった人物像
「二十四日目死亡」と終わることで　些(ささや)かな永遠化

81　祝福

ヒポクラテスに　ガレノスに

食欲はひたすら貪婪な腹の要求だと　長年信じてきたものだが

ひょっとして無思慮な頭のしわざかと　今頃になって疑っている
そうだとしたら　自分と宇宙の関係についての種種考察の場も
頭なんかではなく　腹だったのかもしれない　と思えてきた
眼蓋を下ろし　視線を光の外界から闇の内面に向けると
口腔から食道　胃の腑を通って　小腸　大腸　直腸に到る内臓が
悪臭芬芬たる陋巷ではなく　爽やかな目抜き通りに見えてきた
いまではこの聖なる道を讃えるために　朝目覚めたらまず白湯を呑む
口腔から始まってわが消化器官　という名の思考回路の　なんと悦ぶこと
わが八十歳の健やかな一日は　内臓への祝福から始まる

82　とりあえず

朝は一本足　昼は二本足　夕べは三本足……

この永遠の謎の三本足　三本目は彼方から
かつて枝が伸び　葉が繁っていた瑞みずしい若木
その葉をこそげ　枝を落とし　樹皮を剝がし
よく乾かし　何度も丹念に脂（あぶら）を塗りこんだもの
それはいまのところ　かろうじて私のものではないようだ
これからさらに老い進み　そちこちの石に躓いたのちの日暮に
見えない翼で宙を飛び　まっすぐ私の右手に来るだろう
それまでの長い午後は　とりあえず危うい二本足で

83　老人と犬

ギリシアの冬はきびしい　ことに老いた者には
老人は自ら暖まれない　寝床で暖めてくれる者が欲しい

寄り添ってくれる猫は　古代ギリシアにはまだいなかった
いたのは犬だけ　だが犬は厭（いと）われ　冥府の番に追いやられた
犬は抗議の牙を剝いて　吠え立てた　老人は犬を叱った
叱りつつふるえていた　さみしい老人　さみしい犬

84　犬のギリシア

ギリシアには　何処にも犬がいる
タベルナにも　平気で入ってくるし
道ばたにも　四肢を投げ出して臥ている
誰の飼犬かと問うと　誰のでもないという
いわばお天道さまの飼犬　だから人なつこく
しかし　しつこく骨をねだったりはしない

大王アレクサンドロスに　欲しいものを問われ
そこに立って日差を遮らないでほしい　と答えた
かの　犬のディオゲネスの逸話を思い出す
経済的に破綻寸前という　現在のギリシアは
いつ崩壊するかわからない　この人間世界は
犬の目に　どう映っているのだろう
そして　その視野をつかのまよぎる旅人の翳は？
翳は去るや見る間に老い　冥府への道を急ぎ
犬は悠久に生まれ変わり　死に変わる

85　記憶

アレクサンドロスのギリシアが　カエサルのローマが

エジプトを征服したお返しに　いまやギリシアとローマの
遺跡という遺跡を占領しつくした　エジプト出自の猫たち
寄り集まってくる背中や首の　喜び逆立つ毛並を
歴史をいつくしむ手つきで　弱く　強く　撫でる
この感触をこの毛たちは　いつまで憶えていようか
私の手のひらや　指のはらは　憶えて忘れないだろう
五年後も　十年後も　私が死んで形が溶け去った百年後
人類が亡び去り　地球も　宇宙も消滅した数十億年後も

98　針の用意

「小銭入れの中に　いつも縫針を一本用意しておくこと」
それは　代代伝えられてきたおばあさん取って置きの知恵

道で躓いて転んだら　杖を拾う前に打った箇所に針を立てる
血をすこしでも外に出して　空気に触れさせてやること
鬱血は血を腐らせ　いのちを根こそぎ腐らせてしまう
転んだ老人が寝たきりになって　そのまま死ぬのは　そのせい
針一本の用意で寝つかず　死なないですむのだから　安いこと
それに　うっかり犯した自分の罪を見つづけたくないときは
自ら目を突いて　世界を暗闇に変えることもできるのだから

87　理由

かつて若者は美しく　老人は堂堂としていた
木木は涼やかな嫋（そよ）ぎを零し　水は清清（せいせい）とせせらいだ
——そう思いたい　が　それは永久（とわ）の幻　見果てぬ夢

いつでも若者は軽薄で小狡かったし　老人は尊大でもの欲しげだった
木木は埃を被って病気だったし　水は芥で詰まって動かなかった
だからこそ　美しいものは美しく　清いものは清くなければならなかった
それこそが　古代の彫像が眩しく　詩が蠱惑に満ちている理由

88　夢の中の自分

夢の中の自分は　なぜいつも少年か青年なのか
壮年以後の自分には　どんな意味もない　ということか
愛されることばかりに狎れて　愛することを学ばなかった報いなのか
じゅうぶんに老いたいま　せめて壮年の自分を夢に見ることを覚えなければ
老年の等身大の自分の夢を見ることが　ついに出来ないというならば
かの世で老年の自分で会えるよう　せいぜい自分を鍛えなければ

89　夢魔

もの心ついてこのかた　夢のない眠りを知らない
それも一晩に四つ五つ　多いときには十以上も見る
平均五つとして　八十歳の今日まで百万は見ているはず
その一つ一つが詩として　詩篇百万篇ならば優にギネスもの
しかし　目覚めて書き取った夢は　およそつまらない
おまえがつまらない奴だからだと言われれば　反論のしようもない
わが生涯がしらけた夢にすぎなかったと総括して　あの世に行けば
こんどこそ夢のない充実した眠り　つまりは無に溶けこめるか
夜ごと自ら悪い夢になって　生者の夢に侵入するのが関の山

90　冥界と楽土

天国の豪奢も　地獄の酸鼻も　彼らが声高に歌うことはなかった
ときに声低く語ったのは　無色の冥界　そして　音のない楽土
生前と死後を天秤に掛けて　嚇(おど)かすことは本意ではなかった
冥界への入口も　楽土への船着場も　身近ないたるところに
岩穴からは瘴気が上がり　川柳のほとり小波(さざなみ)が寄せていた

91　そこそが

冥府の入口は　いつの　どこにあるのか
白昼　道の上に立つ　きみの影こそがそこ

血の灌奠（かんでん）も　頌え言も　およそ不要
自分の足もとに　まっすぐ視線を落とし
身近な死者の誰彼に　思いを致すだけでよい
ほんとうは　彼らは死んでなんかいない
死んでいるのは　かえってきみのほう
そのことに気づいたら　そこがどこであれ
そこからこそ　きみは生きはじめる
そこがエレウシス　特別のどこでもなく

92　認識

自らでしか割り切れない数　五でも　七でもなく
二でも　三でも　そくざに割り切れる　親しい数　六

六オボロスで乗せてもらえる　死の川の　粗末な渡し舟
渡ったからといって　地獄・極楽の岐れ道があるわけでもない
体温も　体重もない　影の亡者たちが　犇めくだけの薄闇
それでも　生きたからには　死んだからには　誰でもが
そこへ赴かないというわけにはいかない　ギリシア人は
そのことを知っていた　悲観でも　楽観でもなく
いわば　体温も　体重もない　掛け値なしの　認識

93　ギリシア人

彼らは森を伐った　船をつくり　櫂を削った
渚に下ろし沖へ漕いだ　見知らぬ島　初めての入江
降（お）り立って砦を築いた　先住がいれば　戈（ほこ）を交えた

文明の始まりはいつも同じ　血腥く後ろめたい
冒険と呼ぶ実は殺戮　植民と言い換えた侵略
彼らの名はギリシア人　私たち人間すべての代名詞

94　ギリシアとは

ギリシア人は存在したが　ギリシアという国はなかった
ギリシア人が行き　住みつく先がギリシアだった
ある日　私の心の岬にギリシアの小舟が漂着
気がつくと　私という島はギリシアになっていた
そのことを認めた日から私はギリシア人
私はギリシアを呼吸した　すなわち自由を
何処にも存在しない　真空のような自由を

95　血の掟

神域の沖に漂着した船は　所の神の所有(もの)
氏子は坐礁した船体を襲い　積荷は獲り放題
抵抗する乗組員は　容赦なく打ち殺してよし
これは原初ギリシアでも　中世日本でも　変わらぬ掟
ここから　漂着者は例外なく労わり饗(もてな)すべしまでは
どんな神慮　または知恵による　目くるめく大転換か
どす黒い古い掟から逃れられない人間は　いまも健在
きみ自身の無意識に残存する血への渇望に　注意せよ

96　二十一世紀ロレンツォ風

反自然という自然も　超自然の贈りものには違いないからには
すなおに受けとって娯しむのに　なんの憚ることがあろうか
もしそれを非難する目や嘲笑する口に出くわしたときは　それもまた
ご馳走をさらに旨くするスパイスとして　悦べばよいではないか
してはならない唯一のことは　折角の贈りものを突き返すこと
限りある時間に与えられたものを娯しみ尽せと　作られた私たちだ

97　遺跡

かつて往古（そのかみ）　ギリシア人が　山づたい　海づたい

点点と増やしていった　ポリス　コロニア
その烽(とぶひ)の果てが　現代極東のこの都会にも
ただし　十人でいっぱいの極小のコロニア
新宿　渋谷　新橋　上野　浅草　飛び飛びの店店
若い私は夜ごと漂流　止り木に纜(ともづな)を結んでは
沢山の目と　唇と　腿と　出会っては　別れた
ギリシア風の愛のくさぐさを　学んでは　忘れた
それから数十年　いまでは私の欲望の船の舳先は
めったに　それら歓楽の港へ向かうことはないが
目をつぶれば蘇る　数かずの燃える眼差　熱ある睦言
私自身　愛のコロニアの　時経た　歪(いびつ)な遺跡

98　夜航

船は欲望の象り　トロイアの略奪に向かうアカイアのならず者船団も
金羊毛を盗みに行くアルゴー号も　新天地を捜すあぶれ者たちの新造船も
股間の船首を掲げての　若い私の夜ごとの航海も　例外ではなかった
いまは纜は波止に結んだまま　机の上の詩を目指す真夜のひそかな小舟の漕行
乱倫のまにま習い覚えた詩法とやらを　頼りない水先案内にして

99　わが詩法

酒場と　浴場と　曖昧宿の薄暗がりが　学校だった
光のソクラテスならぬ　闇のエウポルモスが　いつもいた

指と舌　ときに背中で　無言のうちに　真理を説いた
私の詩法は多く　若い夜夜に彼らに教わったもの
きみたちの嗅ぐいかがわしさの　遠いゆえん

100　贈物

好色なソクラテス　いやプラトン
クセノポンですらない　ただの少年愛者
二丁目アテナイの夜の迷路を　ほっつき歩いて
ぶつかったさまざまな若さとの対話　いや睦言
囈言(うわごと)ですらない　ただの熱こもる息づかい　しかし
その彷徨から貰った知恵は　古代ギリシアの
それより　はるかに深い　すくなくとも

はるかに細かな陰翳に富む　と自ら言い訳

101　記憶とまぼろし

いったい　いくたびの抑えた息づかい　睦言が
指と唇との愛撫が　私の上を通りすぎたことか
いまでは　それらの顔も名も　思い出せない
そもそも顔など名など　はじめからあったのか
それ以前に　私というものも存在したのか
あったのは最初から記憶のみ　その記憶が
まぼろしを拵えあげたにすぎないのではないか
誰とも知らない者の　いつとも知れない時の記憶が

102　記憶こそ

どうして抱かなかったのだろう　ほんの少し勇気を出して
ベッドに腰掛けたぼくに腿を接して　きみが腰掛けたのに
けれど　抱かなかったことで　きみはその時の年齢(とし)のまま
そして　きみと並んだぼくの年齢も　きみのそれにあやかる
それを記憶にすぎないと嘲うのはどんなものか　記憶こそ
現実なんかよりはるかにいきいきと　長生きではないのか

103　何十年ぶり

今朝　何十年ぶりに　きみの噂を聞いた

全くの孤独のうちに死んでいた　という
あんなにも熱く　睦言や抱擁を交わしたきみ
それなのに　むごたらしく裏切ったきみ
（もっとも　裏切りはお互いさまだった？）
あの悦ばしかった夜夜　苦しかった日日が
何十年ぶりに　急に近いものになった
近くなったのは　昔の時間ばかりではない
疎いものだった黄泉が　俄かに親しいものに
（気がつくと　ぼくもそこに降りて行っている）
そこでは　きみもぼくも　あの頃と同じに若い
違うのは　もはや愛しあったりはしないこと
したがってまた　裏切ったりもしないこと
ぶつかっても　お互いを通り抜けてしまうこと

104　目

いくつもの夏　いくつもの若い裸の腿
膕(ひかがみ)　脛　踝(くるぶし)　蹠(あしのうら)が　つぎつぎに　通り過ぎた
それを見つめる　血走り　渇いた目だけが　老いて　残った
やがて　その目も　見ひらいたまま　動かなくなり
看取りの指によって　瞼が下ろされ　闇に覆われよう
棺ごと　火竈に押しこまれ　炎の両腕に抱き取られよう
向いあう長箸により　熱い骨が砕かれ　挟まれあうとき
生前　存在の中心にあった目は　もはやどこにもない
悼む口は讃えよう　まこと　かの人は目の人だった　と
聞く耳たちは　頷くだろう　然り　かの人の中核は　まさしく目
ただし　見られるもののいのちを吸いとる　怖ろしい穴だった　と
穴なら死後も在り　未来も　永遠に在りつづけるだろう
在りつづけて　無をさえ　空(くう)をさえ　吸いつづけるだろう

105　アンティノウスに

ギリシア風の愛の信奉者である皇帝は　ビテュニア生まれのきみを熱愛した
そのことは　きみの急死ののち　造らせ祀らせたきみの彫像の数に如実だが
きみの皇帝への感情を表わす　どんなささやかな記念碑も　われらは知らない
だが　きみの不可解な水死こそが　皇帝への深い思いの記念(かたみ)かもしれない
自分の若すぎる死と引き換えに　皇帝のいのち永かれとの祈りだったのか
皇帝の愛がいつまで続くかの不安を断ちきる決意だったのかは　別にして
本場のギリシアにおいてさえ　念者の少年への思いは詩に残されているが
少年の念者への気持を推し測る　どんなよすがもないのが　残念ながら事実
きみの死の謎こそが唯一の美しい例外かもしれない　アンティノウスよ

106　もう一つの顔

知恵の人よ　あなたの太い首の上の顔については　さんざ語られている
しかし　二つの腿の付け根のもう一つの顔に関しては　言及の例を知らない
想像するに下の顔は上の顔の醜さに匹敵するほど　美しかったのではないか
あなたはその紅潮した顔を　口汚い古妻には惜しげもなく晒した
（七十歳の晩年にいたるまでの子沢山が　何よりの雄弁な証拠）
けれども　あなたを敬愛の目で仰ぐ少年たちにはついぞ見せなかった
戦場の夜夜　一つ毛布にくるまって寝た若い戦友にしてからが
ふと腿に触れることはあったにせよ　見ることはついになかった
見なかったせいで　それは想像の中でますます美しくなっていった
「饗宴」大団円　闖入した酔っぱらいのあなたへの讃嘆は
美貌自慢の彼にして見え（まみ）ること叶わなかった念者の股間への
果たせぬ夢の永遠（とわ）の憧れの歌　とは読めないだろうか

107　地中海

ローマに征服されたギリシアが　逆にローマを征服した　という
しかし　それ以前にギリシアがまず　地中海に征服されたのだ
私たちがギリシアの魅力と思っているものは　じつは地中海の蠱惑
その紺青の渦のかがやきから生まれた　神神も　知恵も　詩も
ひるがえって　私たちのギリシアなるものへの憧れも

108　喧嘩の後に

ポンペイのらくがきから

「おまえのけつに　おれのものを　つっこんでやる
おれのはでっけえから　おまえの口から出るぞ」

「おれのはもっとでっけえから　おまえの口から
つん出て　むこうの壁をつき破るからな」
つき破った壁のむこうは空　何もない青
ふり返れば壁も　穴も　突起もなくて
何もない　青い悲しみばかりが　ひろがって

109　素描せよ

素描せよ　素描せよ　と巨匠(マエストロ)は弟子を叱咤する
そうだ　その方法があった　と私は自らを励ます
線をもってする画家の作業だけが　素描ではない
言葉と格闘する詩人の営為も　考えてみれば正(まさ)しく素描
それ以前に　日日生きること自体　素描ではないか

たとえば　窓を押し開け　新しい朝を入れること
たとえば　白湯を含んで　口中の闇を目覚めさせること
それらすべてが　人生という作品のためのエスキース
じつは　私たちひとりひとりの人生も　エスキースでは？
宇宙の成就という　顔のない者の無際限の大作のための

110　対話について

身近な話題から始めて　試行錯誤をくりかえし
すこしずつ　すこしずつ　本質に近づいていく
かの路傍での対話法こそ　素描の原点ではないか
翻って素描は対話　胸像（トルソー）との　果物や食器との　花や鳥との
だから　詩を求める人の　独りの中での際限のない対話も

形のないもの　見えないものの素描　つねに新しい

111　モツァルトの墓

ギリシアの詩人たちは　言葉を紡ぐ人であり
それらの言葉を竪琴の絃に乗せ　音に移す人
だから　あなたは彼ら　彼女らの直系の人
彼ら　彼女らの言葉が　雪白の山嶺から来たように
あなたの音も　青空の見えない奥から訪れたもの
朝も　昼も　夜半も　あまりに頻繁に訪れるので
あなたは眠るひまも　目覚めているひまもなかった
ほとんど自動筆記のあなたの譜面は　いまも鳴りつづける
鳴りつづける譜面こそが　あなたの唯一本当の墓

墓地の迷路のどこを捜しても　あなたの墓は見つかるまい
詩人たちの墓が　遺された言葉の破片にしかないように

112　J・キイツに

まだ見ぬ　目見(まみ)えることついにない　ギリシアへの思いは
あなたの内側で滾(たぎ)る血潮となり　血しぶきとなって降り
青年像(クウロス)の　処女像(コレ)の　処女神殿(パルテノン)の洗い晒しの白を　真紅に染めた
それを不浄とか　不吉とか　非難するのは　当たるまい
血を浴びた彫像は　列柱は　息を吹き返し　鼓動を打ちはじめた
あなたの二十五歳のいのちと引き換えに　あなたの言葉は
そして　あなたにうたわれたギリシアは　永遠を得た
血しぶきの永遠　真紅のギリシア

113　P・V・シェリーに

菜食主義を理由に　ピュタゴラスの徒のひとりと名告ったきみを
ぼくは笑わない　きみのイタリアの海での夭すぎる死を　同じイタリアでの
あまりに早く滅ぼされたピュタゴラス教団の怖ろしい歴史を　知っているから
嵐の後　海が打ちあげたきみの胃袋の　二百年後の解剖が許されるなら
ひょっとして　咀嚼したそらまめの残骸が　見つかるのではあるまいか
そらまめを食べてはならぬとは　教祖ピュタゴラスの重い禁忌の一つ
だが　後世のイタリア人は生そらまめを肴に　白葡萄酒を飲むのを好む
きみはヨットの上でそらまめを食べ　死者の国に招かれたのではないか
そらまめは死者たちに属しているとは　ピュタゴラスの謎の言葉の一つ
そらまめで白葡萄酒のグラスを傾けながらの　ぼくの肆な幻想だが

114　E・A・ポーに

一度もヘラスの地を踏むことなく
地中海の紺青を遠望したことすらもなく
あなたはヘレネとニカイアの小舟をうたった
アテナイの光からおよそ遠いボルティモアの闇で
泥酔して　四十歳を一期に　あなたは死んだ
その地で　あなたはたちまち忘れられたが
のちに　大西洋のむこうで　ひとりの詩人が
あなたのために　フランス語の壮麗な墓を建てた
その顰（ひそ）みに準（なら）って　私も日本語の簡素な碑銘を
新大陸の孤独なヘレニスト　あなたにふさわしく

115　アマーストのサッポーに

白熱した魂を見たい？――E・ディキンスン

町なかの埃っぽい墓地　あなたの墓に導かれたが　そこにあなたはいなかった
あなただけでなく　あなたの家族の誰の気配も感じることができなかった
あなたが幻視した　永遠と死とあなたの同車した馬車の向かった先は　何処か
あなたが口まで鼻まで冷たい苔に覆われて　土を隔てて語りあった隣人は　何処か
それらの詩が書かれたのがあなたの庭なら　そここそがあなたの永遠の栖み家
私は八日の間　その庭に毎日遊んで　庭の記憶でいっぱいになって帰ってきた
帰ってきて　私の庭に椅子を出して　くりかえしあなたの詩篇を復唱した
いまではたぶん私の庭があなたの墓　遠いあなたの庭と一つづきの

116　葬儀

葬儀を仕切る人たちがいる
彼らは黒く装って　最前列に腰掛け
死者との特別の親しさを誇示する
しかし　彼らの前の棺は蛻（もぬけ）のから
死者の魂は彼らには　まるで無関心
最後列に立つ人びとに立ちまじり
不思議そうに　儀式の進行を見守る
たぶん生と同じく　死もまた遊び
生きる者にとっても　死んだ者にも
会葬者が連れ立ち　あるいは独り去っていき
最前列の人びとは残されて　手持ち無沙汰
死者はもう　会場のどこにもいない

117　遁れむ　いずこに

肉体は虚し　われはすべての書を読みぬ……
十九世紀末のマラルメなら　そうも言えたろう
二十一世紀の私たちは　万巻を読みながら　なおも不安
肉体に加えて　精神の虚しさもひしひし感じる
遁れむ　かしこに……のかしことは　古代ギリシアか
ギリシア人はホメロスのほか　ほとんど読まなかった
素で考え　素で詩をつくり　堂堂としていた
天空はひたすら青く　百千鳥（ももちどり）は酔い痴れたりせず
ひたすら　餌をさがし　伴侶を求め
子を育て　死んでいった　疑いも知らず

118　声

二千数百年後の詩人も　若者たちを愛した
火曜日の夕べごとに陋居に集う彼らの前に立ち
難解をもって鳴る自作を　朗朗　誦するのを好んだ
その声がいかに魅力的だったかを　彼らの何人もが証言している
後の世のわれら　その声の深さ柔かさは想像のほかないが
ひるがえって　二千数百年前の哲人の声も想像したくなる
その人も愛する若者たちの前で　しばしば詩を諳（そらん）じたもの
自作ではなく　ピンダロスだったり　ホメロスだったりだったが

119　F・W・ニイチェに

考えつつ歩いていたあなたは見なかったが　行く手の大地が突然　罅（ひび）割れたのだ
鞭打たれる駑馬と鞭打つ老馬方とが　地中世界から送られ　躍り出たのだ
あなたは突然馬身を抱きしめて慟哭　以後正気に戻ることはついになかった
かつてのあなたは闇へ拉致　椅子に坐りつづけるあなたは本来のあなたの影
だが　馬と馬方とあなたの出会いの三角形は　はるか以前に用意されていた
それは　若いあなたがディオニュソスのギリシアを発見した　あの時
その瞬間から　見えない手で発狂後のあなたは描かれはじめていた

120　R・M・リルケに

……生殖の輝く中心……あなたの沢山の作品の中から
ぼくがいつもまず思い出す　とりわけ魅惑的な詩句
発掘されたギリシアの胸像（トルソー）をうたった　おそらく中心部
しかし　ぼくは同時に連想しないわけにはいかない
あなたのふだんはズボンと下着とに匿された中心部
あなたがそれを生殖のために輝かせたのは　唯一度
後はあなたを信奉する金持女たちのため　酷使しつづけた
詩を輝かせるためには金（かね）が要（い）る　その金を産むのだから
強弁すれば　それも生殖の輝く中心と　いえばいえる
まだまだ五十歳の男盛り　隠棲先の花盛りの庭に降り立ち
薔薇を剪ろうとして指に棘を刺したのが死因　というが
その前に荒淫のため　中心部から腐りかけていたのでは？
隠棲先と触れ込みの館（やかた）は　そのじつ出入り激しい売淫窟

淫を売っていたのは　ほかならぬあなたという男妾（おとこめかけ）
古代アテナイにも　アレクサンドレイアにも聞かない悪所

121　J・L・ボルヘスに

今日久しぶりに読み返し　読み通して気づいた
あなたという不死の水を呑んで　死ねなくなった私たち
呑んだ私たちが死ねないから　あなたはますます死ねない
死の水を呑んで死にたいのは　私たち以上にあなた自身
それら　人類の不死の願い　死の願いを夥しく抱えこんで
この星自体　切実に死を願っているのではないか
すべての存在を解放する死の水は　どこにあるか
地図にも記されぬ海の涯に落ちかかる大銀河の彼方

宇宙の限り　内へ渦巻く無の陥穽　その底が
湧き返るとき　宇宙そのものが裏返り
すべての有の母なる無さえも　消えようか

122　恋の詩と読む人　カヴァフィス再読

不思議だ　すべて　いまは無いこと
百年前の薄闇の中の　肉感的な唇と厚い胸板と
それを見つめる　憧れにひりひり渇いた心とが
しかし　不思議だ　そのことをひそかに記した
言葉の連なりが　いまなお生きて　呼吸していて
それを読む私を　熱く惑乱させること
さらに不思議は　その私も遠からず

跡かたも無くなってしまうこと

123　セフェリスに

あなたの XA-I-KA-I（ハイカイ）は十六句　十七句目は確信犯的欠番
彫像も詩篇も断片が当り前の風土に生まれ育ったあなたは
窮極の詩型が歴史の気まぐれの破砕の結果だ　と先験的に知っていた
そこで　時の波があなたの岸辺に運んできた極東の十七音綴（おんてつ）に
共感のしるしとして献げるに十七句　ではなく　わざわざ十六句
十七句目の沈黙をもって　あなたの俳句讃仰を閉じた

124 リッツォスに

払暁　十二丁の銃口を前に　ズボンに覆われた股間について
「宦官の目の行く箇所」「やつらの狙う箇所」と　あなたは言う
その言いかたは　少年愛が日常茶飯だった古代ギリシア風ではない
二十世紀ギリシアの　ふつうに女好きの男の　脂くさい口ぶり
それにもかかわらず　あなたの語る一分後の若い死者は
古代ギリシアの彫像そのもの　そこがギリシアだという
ただ　それだけの理由で

125　ジャコメティの歩く人

エジプト写しの正面向き　無表情　硬直した青年立像（クウロス）　その
固く結んだ唇の両側が或る日　ふとめくれ上がり　かすかに笑み
垂らした両腕の先　両掌（てのひら）をぴったり着けた両腿の　左足がわずかに踏み出し
つぎには右足　歩き出した全身は　円盤を投げようと身を折り屈め
長い時を経て棍棒を持って構え　腰を下ろして右手を顎に考えこみ
考えたあげく　表情も筋肉も殺（そ）ぎに殺ぎ　歩く人の線だけになり
ついには動きの気配だけになるだろう　それが二千六百年前の
古拙と呼ばれる最初の笑み　最初の踏み出しの含んでいたもの

126　醜よみがえる

綺麗は汚い　汚いは綺麗——W・シェイクスピア

美しさを求めつづけるあまりに　醜さを追放したのは　ギリシアの行き過ぎ
追われた醜さは怨霊となり　物怪（もののけ）となり　古家（ふるや）の暗がりや地下の闇に潜んだ
気も遠くなる永い時を経て彼らは蘇った　蘇ったのみか美しさを追放しはじめた
いまでは自分たちこそ真の美しさ　これまで美しさを名告ったのは化粧した醜さと
強弁してはばからない　対する昔ながらの美しさは　いまや青ざめて力がない

127　作法

かねてギリシア党を標榜するあなたにして
あの自裁は　すこしもギリシア的とは思えない

なるほど　追いつめられたギリシアの指導者は
しばしば神域に逃げこみ　ついには自殺した
しかし　その方式はほとんど毒杯を仰ぐこと
ギリシア崇拝をもって知られるローマ人だって
手首の血管を切り開き　浴槽に入ったりはしたが
下腹に刃先を立てるなど　考えもしなかった
あなたの時代錯誤の血なまぐさい作法は
ギリシア人も　ローマ人も　目を覆うだろう蛮風
それも公（おおやけ）の義のためでなく　私（わたくし）の美のために
腹をかっさばいたのち　首を断ち落とさせるとは
よろず潔さを旨とする蛮風の風上にすら置けない

128　夢の後に

その夢から醒めたのちの　なんという後味の悪さ
なまなましく白い裸の老人に追われて　キャンパスを逃げに逃げ
絶望した老人がプールに跳び込み　狂言自殺を試みたところで覚めた
夢の中の私は逃げる若者だったが　目覚めた私は疑いもなく老人
ほんとうは　疎まれても拒まれても追いつづけた老人こそが私
追っかけられて逃げつづける若者はPoésieではなかったか
眠れなくなって開いたページから立ちあがった眩しい一行
「物事を見抜く若き見者よ、次に語るのはあなただ……」
それは　まかり間違っても　私に向けられた言葉ではない
若い見者は　かならず此処ではない　何処かに

129　叔父に

あなたは二十歳　花の若さで戦地で死んだ
白木の箱に入った　数条の頭髪（かみのけ）が届いたが
真正　あなたの遺髪だったかは　すこぶる怪しい
詩を愛したあなたは　一篇の詩も残さなかったが
あなたの二十歳の死こそが　書かれた詩以上の詩
その写しは一葉の古写真として　机の上で微笑（わら）っている
あなたの死が真正の詩だ　と信じるためにも
あなたの駆り出された戦争が　過誤だったとは
思いたくない　むしろ過誤ゆえにこそ真正だったのか
過誤ではない戦争　過誤でない死など　どこにもない
これは古代ギリシアでも　現代日本でも同じく真実

130　愚者ばんざい

愚者ばんざい
愚者の王が選ばれた
国民は愚者の国民になった
国家は愚者の国家になった
愚者の時代は少なくとも四年
国民がさらに望めば八年
八年は八年では終わらない
八年は百年のための八年
百年は千年のための百年
じつはそれは国民の秘かな望み
愚者は何でもし放題
しかも何の責任もなし
これほど楽しいことはない

愚者の国は毎日がお祭り
ひたすら滅亡へ歌え踊れ
愚者ばんざい愚者の国ばんざい

131　一人が立つには

彼が殺したのは生みの父ではなく　年の離れた兄
場所は　人気（ひとけ）のない曠野（あらの）の三又（みつまた）みちではなく
国際都市の　旅行客でごった返す空港ロビー
それも　みずから刃ものを握って　ではなく
行きずりの女に持たせせた毒薬を噴射させて
別に驚くことでもない　誰もがしてきたこと
一人が立つには　他の何人もが倒されねばならぬ

他の一人が立つには　その一人もいつか倒される
場所はまっぴるまの雑沓でなければ　早朝の厠の暗がり
手段は何でもよい　結果が確実でさえあれば

132　独裁者は

独裁者はひそかに殺されたがっている
積年の悪行の結果の孤独と緊張に耐えられず
夜半の誰もいない執務室で　ひとり呟いている
誰か俺を殺してくれ　殺してらくにしてくれ　と
しかし　呟きを聞いてしまった不寝（ねず）の番は殺される
毎夜毎夜　一人ずつ殺される　両耳ずつ塩漬けにされる
塩漬けされた耳たちは眠らない　眠らない耳たちに囲まれて

独裁者は不眠　何千日　何十年も　苛苛と不眠つづき
終わることのない不眠の中で　死への渇望はますます募る
日日渇望を募らせながら　いよいよ死ねない　それが彼の罰
その罰を完全なものにするために　つねに不寝の番が付く
その不寝の番が殺されれば　順操り次の不寝の番が
不寝の番に当てられる兵士がひとりひとりいなくなり
国民がことごとくいなくなっても　独裁者は死ねない
独裁者は自らは気付かず　自らの不寝の番になっている

133　花冠

どんな理屈を捏ねようと　白昼の群集の中でのきみの自爆は美しくない
きみに何の縁もゆかりもない無辜の人びとの笑顔を巻きこんだからには

きみの匂い立つ盛りの若さを犠牲にしたとしても　涼しい木蔭は約束されまい
それを代償に自分の可能性のすべてを献げたという　まさにその理由によって
そうあからさまに記すこともまた　墓銘を刻む者の避けられぬ義務のうち
地獄に送るにふさわしい黒い花冠だって　無ければなるまいからだ

134　怠惰

北にも　南にも　微笑の影で牙を剝く国国
東には　つねに虎視眈々と侵入の機を伺う大国
海上はるか西には　まさに勃らんとする僭主たち
その緊張の中で　アテナイの詩は磨かれ　輝いた
とすれば　今日の私たちの怠惰は　謗られて当然
四方をひしひし　怖ろしい敵に囲まれながら

自己満足か仲間向けの非詩を　濫作するのみ

135　雪崩

那須スキー場献花台前にて

きみたち十七歳の七人　引率の若い先達を入れてつごう八人を
突然の雪の塊が襲い　呑みこんだ　誰もが予想しなかったこと
おそらく　雪塊だってそう　きみたちの匂い立つ若さを見て
急に惜しくなったのだ　数年のうちにむくつけき大人に
ついには無残な老人にしてしまうのが　なんとも忍びなくて
そこで思わず知らず　走り寄り　覆いかぶさってしまったのだ
結果　きみたちはもはや歳を取らない　その駄目押しが　この
石に刻まれない墓銘詩　それもきみたちには一種の雪崩かも
幾春がめぐっても溶けない　言葉の雪崩　そうだといいのだが

いずれにしても　きみたちはとこしえに浄らかな十七歳

136　無際限の墓

死んだ彼は焼かれて骨灰になり　海に撒かれた
地球を覆う海ぜんたいが　彼の墓になった
太陽の熱が海水を吸いあげれば　天空も墓
吸いあげた水が雨と降れば　野も山も墓
彼は宇宙になった　否　宇宙が彼になった

137　鬼能風に

きみは夜ごと　這いあがってくる　暗い音のない流れから
（ギリシア人なら　アケイロンと呼んだろう　冥府の河）
墨色の爪で　岸辺の忘れ草に摑まり　恨みがましく言う
なぜ俺ひとりが　六十になったばかりで　死なねばならん？
おう　誰のせいでもない　きみの悪癖と過信のせいだ
きみはのべつタバコの煙(けむ)で　肺胞のすべてをまっ黒に
しかも　根っからの頑健を信じて　疑いもしなかった
それというのも　いつでも勃起する　それだけの理由で
なんたる妄信　世には疲れ勃(だ)ちということもあるのだよ
ついでにいえば　臨終の一物は　染色体を後に残そうと
死神に抗って　むなしく勃ちつづける　というではないか
今のきみが纏っているのは　死出三途の川霧か　タバコの煙か
（カロン　カロン　あれは渡し守の　疾(と)く帰れの警告の鈴音）

慌ててきみが沈む河水さえ　ニコチンの脂（やに）で吐気がしそうだ

138　蟬の夏　田原に

私のふるさとの蟬は　朝暗いうちから沸（わ）き滾（たぎ）り
日が落ち　月が出ても　鳴き止むことを忘れている
八十歳の現在も　私の夏は彼らの喧噪とともに
彼らの鳴かない夏は　青ざめた病気の夏だ
君のふるさとでは未明　懐中電灯を当てて
土から出て幹を登る蟬を採り　袋に入れる
母親が鉄鍋で音立てて　彼らを煎り上げ
家族みんなが　ものも言わず　舌鼓を打つ
五十歳の君の中には　いまも何百匹何千匹が

脱皮前の異形で　上へ　下へ　這いまわっている
君の中の無数の沈黙を脱皮させ　飛び立たせてやれ
存分に鳴かせてやれ　それが彼らと君の夏の完成

139　悲しみ

昼寝から帰ってくるたび
世界が新しく見えるのは　なぜだろう
眠りの中で自分が老いたぶんだけ
世界が若くなった　と思いたいのか
ほんとうは　そのぶん世界は老い
自分も　確実に老いている
そのことを　曇らされず知っているから

目覚めた赤子は　激しく泣くのだ

140　他人の庭

昼寝から目覚めて見る　自分の庭は
他人の庭のようによそよそしい
そうではなくて　ほんとうに他人の庭なのだ
もともと自分のものなど　どこにもありはしない
そういう自分だって　自分のものではない
他人のものである自分が　他人の庭を見る自分を
見ている

141　梟

ホーホー　夜っぴて灯った私の仕事部屋の外
生垣のむこう　ケヤキの黒い葉ごもりで鳴くフクロウ
あいつはお伽ばなしのなつかしい鳥なんかじゃない
小山の藪にひそむネズミやヘビを狙う猛禽
フクロウを宰領するという知恵の女神が
甲冑を身につけているのは　理由のあること
強い翼で飛びかかり　鋭い爪と嘴を立てないでは
血の滴る詩も真実も摑めないのだよ　ホーホー

142　この詩は

これは自分が書いた詩だ　と　自信をもって言えるのか
ほんとうは　自分ではなく誰かが書いたのではないのか
よしんば書いたのは　とりあえず自分だったにしても
じつは　見えない誰かに書かされたのではないのか
だからこそ　くりかえし読み返すのではないのか

143　誘拐者

人は抱擁の悦びにおいて　関わりのない魂を攫ってわが子にする
だから　生殖には本源的な罪がある　と聞いたことがある

ならば　わが父母はわが肉親にして　同時にわが誘拐者
だから　われらは父母を深く愛し　しかも激しく憎むのか
私が異性との抱擁を避けるのは　無辜の魂を攫うことを怖れてか
とはいえ　独りから産まれる詩に対し　責めがないといえようか
しかも　私は恥知らずにも　その産子(うぶご)を白日　市(いち)で競売にかけている

144　きみに

このところ詩が降りてこない　と　きみはぼやく
最初から降りてこなかったんだよ　きみのところには
自分でも　うすうす気づいていたはず　気づきながら
気づかないふりをした　自分自身気づいているとわかると
他人に気づかれるから　それをいちばん怖れていたから

降りてこないのには　じつは確かな理由（わけ）がある
理由というのは外でもない　きみの中がきみでいっぱいだから
かりに降りてきても　詩はきみの中に入りこみようがない
自分をからっぽにしなきゃ　詩は入ってこないさ
まず　きみ自身をからっぽにすることを憶えなきゃ
でも　どだい無理だよね　きみは最初の最初から
きみでいっぱいだから　きみだけでいっぱいなのが
きみなのだから　もともと詩なんか必要じゃないんだよ

145　送辞

詩人と呼ばれることに　つねにつねにこだわったあなたよ
あなたの生涯にわたる「詩」を　数日かけて読みとおしたが

詩を読むよろこびも　おののきも　ついに感じえなかった
それはつまり　あなたの「詩」がじつは詩でなかった
そして　あなたはつまるところ　はじめから詩人ではなかった
すくなくとも　ぼくにとっては　そうとしか言いようがない
賢すぎるあなたのことだ　自ら気づかなかったはずはない
詩人ではないと自ら知りながら　詩人を振舞いつづけることは
どんなに辛かったことか　もうもう　らくになってください
詩人であることが特別立派なわけでもないのですから　ね

146　塔　新倉俊一に　田代尚路に

同胞どうしが憎しみあい　殺しあった　暗い時代
詩人が籠った塔について　私たちは語りあった

（塔の中は　私が訪れたあの夏の日も　寒寒として
扉の外には　草炭層（ピート）を通った黒い冷たい水が流れて）
私たちが語りあった　海を臨む五階の小部屋も
日常から浮びあがった塔　といえなくもなかった
窓を占めていたのは　雨多かった八月終わりの
雲の屍衣に包まれた　いつまでも沈まぬ太陽
（生きている私たちも　ひとりひとり孤立した塔
その窓が他の窓への銃眼にならないよう　心しよう）
その扉は　ひたむきに叩く拳には　開かれなければ
私たちに友でない敵はなく　敵でない友はない

147　久留和海岸

車が引っ切りなしに通り過ぎ　通り過ぎる
国道からの下り坂の　片方にはそよぐ木群（こむら）
下りきると　小さいが本当の浜　本当の漁港
曇り空をわずかに輝かせる日没が　確かにあり
走りまわる子ら　漁網をつくろう大人たち
ここにあるのは　本当の日常　本当の人生
だから　コンクリートの防潮堤を超えて　本当の海
本当の海は　嵐の先ぶれの白い牙を剝き出して……
本当の自分をとり戻すために　ときにはここに来よう
そう決心して　来合わせたバスに　跳び乗った
決心を本当の決心にするため　振り返らなかった

148　新年の夢

蟠る雲から一条の光が落ちる　長い海岸線
寄せては返す波打ちぎわに併行して　騎行する私
（現つの私は騎(の)れないから　騎行するのは夢の私）
私の騎る馬は　騎る私と同じほど老耄した駑馬
海岸線の途中ですれ違う　向こうから来る騎行の人
（その人のなんと私と似ていること　但し六十年前の）
六十年後の自分とすれちがったかと　彼も私を見て夢の体(てい)
それにしても何の予兆　八十歳の新年の目覚め前に

149　モンテーニュに準って

死がそんなに甘美なものならば　その逐一を味わい尽したい
そのためには　死の床を囲む家族や友人は　味方というより敵
愛しているというなら　どうか死にゆく私を独りにしてほしい
搏動や呼吸の変化を見つめ　臨終を告げる医師すらも邪魔
病床の脇の灯りさえ　不要というより　あってはならない
最終的に私を看取る者は私自身　介添えは闇と沈黙の二人だけ

150　立ち尽す

前庭と裏庭に向けて引戸のある東西両面が　硝子の素通し

南北両面　十段の書棚から溢れた書籍や雑誌が　床に山積み
おまけに酒瓶や食料品　骨董品　我楽多の類(たぐい)が　通行を阻んで
この書庫は　雑神低霊スクランブルの霊道と化している！
健やかな詩の降下のためには　抜本的大掃除が喫緊事　とのたまう
霊能者のご託宣に頷きつつ　これはこれで必ずしも居心地悪くはない
まさに邪神淫霊入り乱れ　蛮族侵入の噂に脅えつつ　身動きならない
古代末期ローマ人さながら　薄志弱行の腐儒老生　即ちわたくし

151　ヘレニスト宣言

ヘレネスとはヘラスの教養を頒ちあう人――イソクラテス

何者かと問われたら　ヘレニスト
ただし　黄色いヘレニスト
ついでに　老いぼれの　と加えよう

ヘレニスムが　ヘラスに始まり
ヘラスを超えて　若さなるもの
みずみずしいものへの　永遠の憧れ
永遠の愛惜でありつづける　というなら
どうして　皮膚の黄色いヘレニストがいて
不都合なことがあろうか　ついでに
老いかがまったヘレニストがいて？
二十一世紀の　盛りの若さのヘラスびとよ
窮極の恋の切なさは　十八歳の肉の輝きに
ではなく　八十歳の魂の闇にこそ

殺したのは

あの男を　殺したのは　誰か
滑稽な怪士の面相の　内側に
美しい魂　を匿し持った　あの男を？

少年の頃　海のむこうから　訪れた
知恵の人に　熱愛された　という
以来　勉励した　という　あの男を？

学問と同じほど　体育にも励み
精神と等しく　身体も強健
氷の上も　裸足で歩いた　あの男を？

ある日　世界一の賢者と　託宣され
途惑って　より賢い人を　捜しつづけ
そのつど　失望しつづけた　あの男を？

うぬぼれの仮面を　剝がされた　相手から
取り巻きともども　撲りかかられても
ひるまず　問いつづけた　あの男を？

美しい若者に　目がなく　路地でなど
出くわそうなら　杖で　通せんぼ
さっそく　質問攻めにした　あの男を？

若者たちの徳を　目覚めさせることに
熱中して　貧乏暮らし　子沢山の女房に
大声で　詰（なじ）られつづけた　あの男を？

戦さの場（にわ）では　誰よりも　勇敢
若い朋輩を　敵の攻撃から　守りぬき
手柄は譲った　無欲な　あの男を？

あの男を殺したのは　それは　私たち
あの男の高潔無比に　耐えられず
嘘の罪状を　でっち上げた　私たち

いまは　激しく後悔し　彫像を押し立て
広場で　慟哭の限りを尽す　私たち
私たちだ　あの男を殺したのは

異神来たる

オリュンポス神族が言う

見知らぬ神が来た
太古以来　互いに戯(じゃ)れあい　諍(いさか)いあってきた
どんな男神(おがみ)　どんな女神(めがみ)にも　似ない神
どんな逞しさ　どんな美しさも　無い
汚れて　痩せこけて　顔いろすぐれず
およそ生気なく　景気のわるい　神
荊の冠を被らされ　磔けの木を背負い
脇腹の槍傷から　力ない血と水とを垂らす神
愛欲の寝台(ベッド)の代わりに　祈りの膝着き板を
美酒美食の大卓(テーブル)ではなく　粗食の欠け皿を
この世の贅沢を否み　かの世の栄光を
説いてやまない　縁起でもない　厄病神
あんな奴とわれらとが　同じ神の名で
呼ばれるなんて　我慢にも限度がある
盛大に　火でも　香(こう)でも　焚いてくれ
罵声でも　嬌声でも　挙げつづけてくれ

*

その神とやら、その前身は海からでなく、山からでなく、神の子でなく、血筋でもなく、はるかな東方、炎熱に歪む沙漠の直中(ただなか)、小さな国、小さな邑の、貧しい大工の倅だった、という。父を嗣いで大工となり、母親と弟妹たちとを養っていたが、三十歳のころ突然出奔して、さる乞食行者(こつじきぎょうじゃ)から水の洗礼を受けた。程なく自ら他(ひと)に洗礼を、但し水によらず、霊によると称する洗礼を授け、神の国の到来と悔い改めの肝要とを説き、病者を癒し、死者を蘇らせ、娼婦を石打ちから救った。多くの弟子たち、信ずる者の群に囲まれて、邑から邑、町から町へと移動し、祭司たち、学者たちに怖れられ、憎まれた。ついに祭の日、弟子のひとりに売られて囚えられ、茶番に等しい裁判で愚者の王に仕立てられ、されこうべと呼ばれる刑場で十字の木に架けられ、稲妻と落雷の裡に息絶えた。これより先は故人自身の言行か、弟子たちの故人を追慕するあまりの作為か、判断の別れるところだ。すなわち、かねて予言していたとおり三日目に蘇り、弟子たちの前に三度まで顕われて、異邦人への伝道を指示したのち、天なる父の許に昇ることによって、神の独り子であることを証明した、という。弟子たちは故人の遺志に違(たが)わず、国の境を越えて苦難の旅を続け、教えは迫害攻撃に耐えて拡がりやまず、ついにはあろうことか、大帝国の国教の座に坐った。その時だ、新来(いまき)の乞食神と侮り、多寡を括って油断していたわれら、由緒ある古い神神が、一挙に神神の実体を喪ったのは。

*

や　これは何だ　この両の蹠(あしのうら)の踏み応えのなさは？
脛にも　腿にも　両の腕(かいな)にも　まるで力が入(はい)らない
それに　鼻から　口から　吸い込む息の　この稀薄さは？
目を凝らせば　周りの男神(おがみ)が　女神(めがみ)が　ぼやけていく
ということは　見ているこの身も　薄れていくのだな
この右ひだり　二つの手も　五本ずつ　十本の指も
太古以来のわれら　神神はすべて　消えて無くなり
いるのは　あの見知らぬ　みじめな神――待てよ
みじめだったはずの彼奴(あやつ)の　あの眩しさは　どうだ
われらの神殿は　どれも　彼を崇める者どもの会堂に
いまに　オリュンポスの頂にも　十字の徴(しるし)が立とう

しかし　それを臨むわれらは　溶けて跡形も無く

家族ゲーム

または　みなごろしネロ

1

ぼくは　父を殺した
理由は　老いぼれ
大喰らいで　大淫ら
つまり　醜悪至極だったから
彼は死んで　神になった
へどまみれ　淫水まみれの神
彼を神に挙げた手柄は
ぼくのもの

2

ぼくは　弟を殺した
理由は　若さに輝き
しかも無垢で　高貴で
つまり　冒しがたかったため

彼は死んで　星になった
黒雲も　瀆（けが）すことのできない星
彼を星に変えた手柄は
ぼくのもの

3

ぼくは　妹を殺した
理由は　望まず配（めあ）わされたせい
黙して運命を受容　悪意にも貞潔
つまり非の打ち所無かったゆえ
彼女は死んで　風になった
どんな汚辱とも関わらない　透明体
彼女を風に高めた手柄は
ぼくのもの

4

ぼくは　母を殺した
理由は　厚顔無恥
息子を酔わせ　無理矢理交わり
つまり　現世の大母（たいぼ）を企てた罰
彼女は死んで　泥になった
目にも鼻にも　臭気耐えがたい泥
彼女を泥に落した手柄は
ぼくのもの

5

ぼくは　妻を殺した
理由は　愛されることに狎（な）れ
天井知らずの　証しの要求
つまり　身の程知らずだったので

彼女は死んで　闇になった
殺されたことも知らない　闇に
彼女を闇に押し遣った手柄は
ぼくのもの

6

ぼくは　息子を殺した
理由は　蹴殺された妻の子宮で
まだ月足らずの　眠る胎児
つまり　母親と混沌未分
彼は死んで　存在になった
死者という　全き存在
彼を存在に転じた手柄は
ぼくのもの

7

ぼくは　師を殺した
理由は　ぼくの形成者を詐称
誰彼に賄賂を強要　貯めこんだ
つまり　尊大狡猾の結果
彼は死んで　歴史になった
偽教育者　えせ哲学者の歴史に
彼を歴史に祭りあげた手柄は
ぼくのもの

8

ぼくは　ぼくを殺した
理由は　他人に殺されるのが
怕(こわ)く　耐えがたかっただけ
それも　さんざ躊躇(ためら)ったあげく

ぼくは死んで　幽霊になった
家族史の中をうろつく　幽霊
ぼくを幽霊にした手柄は
誰のもの？

＊

遺書

　殲殺者ネロにして殺し得なかった者がある、それはイエスス・クリストゥスなる神である、と嗤笑する輩（やから）が居るのを、朕（わたし）は知っている。その輩は知らぬのだ、朕がその者の死の年に生まれた、という事実を。その者がユダヤ人の王の捨札（すてふだ）のもと、ユダヤ人の都イエルサレム郊外、されこうべの丘と貶称される刑場で十字架の木の磔刑に処せられたのは春のことと、この者を神と崇める者どもは言い習わす。しかし、神となる者の死が万象復活の季節と結びつけられるのは、蒼古の昔よりの決まりごと。事実は十二月十五日の黎明の時。それと期を同じくして日の出と共に朕が誕生。言い換えれば、朕はかの者を殺して生まれた神ということになる。であるからして、どうして改めて殺すを要しよう。ただ、その時において欠けていたものがあるとすれば、その者の死の葬りの火と朕の誕生の祝いの火。さればこそ、朕はかの者、イエスス・クリストゥスと同じ齢(よわい)をもってアンティクリストゥス第一番として死ぬのに先立ち、この世界の都を炎上させることをもって、死と復活の祝火としたのだ。その火付けの下手人をイエスス・クリストゥスの徒としたのも、けっして濡れ衣などではない。朕こそはアンティクリストゥス第一番という名の第二のイエスス・クリストゥスにほかならないのだから。ルキウス・ドミティウス・アヘノバルブス、皆死使誌之(しをにらんでこれをしるさしむ)。

Note

ネロことルキウス・ドミティウス・アヘノバルブスの誕生日が、自分と同じ十二月十五日と知って、奇妙な親近感を覚えたのは何時(いつ)だったか。のちに生年が後三七年、一九三七年の自分よりまるまる一九〇〇年前と知るに及んで、いつか一篇を献じなければと思ってからも久しい。この母方の血によってアウグストゥスとアントニウスとに繋がる性臆病で幼児的な暴帝は、結果的に義父クラウディウス、義弟ブリタンニクス、義妹にして妻のオクタウィア、母アグリッピナ、後妻ポッパエアと胎児、師傅セネカ……その他数限りない縁者・無縁者を殺し、最後に逡巡のあげく止むなく自裁したが、同時に凡庸な詩人、音楽家、俳優でもあった。人は他に隔絶した権力または真空の座にあれば、臆病の限り、凡庸の極みにおいて、魔界に関わることもできるという好例だろう。なお、イエスの生年には一年から九年、中を取って四年の誤差があるとされる。但し遡って四年前とするのが通例。それを敢えて下って四年後としたのは、それによってネロの偽神性＝アンティクリスト性を際立たせたかったからにほかならない。

*

私とギリシア
あとがきに代えて

私と詩との出会いは古代ギリシアとの出会いだった――私がこの事実を明確に意識したのは、うかつにもつい最近のことだ。

一九五〇年、福岡県門司市立柳国民学校改め小学校から、新制間もない第六中学校に進学。同じ組になった神童の誉れ高い同級生に誘われて、文芸の何たるかも知らず文芸部に入り、たまたま部屋にあった呉茂一訳『ギリシア抒情詩選』を開き、アルクマンの断片訳にたちまち蠱惑された。訳文は呉独特の雅俗自在の文語体。よろず遅手(おくて)の十三歳に理解できたわけはないが、蠱惑は圧倒的で、これがその後始めた詩作の最重要な契機になったことは間違いない。

現実にギリシアの地を踏んだのは一九六九年、三十一歳の夏。勤めていたオフィスの個人研修旅行の名目で一箇月の海外の旅が許され、かねて憧れの地中海諸国を選んだ。イスラエル、トルコ、ギリシア、イタリア、フランス……中でもギリシアには旅程の半分近くを当てた。アテネ、デルフィ、ミケネ、デロス、クレタ。トルコのイスタンブルや南イタリアを古代ギリシア世界の範囲に入れるなら、三分の二がギリシア文明の記憶を辿る旅だったことになる。

それから八二年までの十三年間に六回も訪れ、日本語に訳されたギリシア古典のたぐいは片はしから読んでいるのに、その間、正面からギリシアに向きあった作品を一篇も書いていない。福岡教育大学四年の五九年秋、第一詩集を出すと同時に肺結核発病、二年近い療養所生活で遅れた卒業を済ませて上京したのが六二年。二年後から三年つづけて第二、第三、第四詩集を出した後の、十数年続く大スランプ期と重なったことが大きな理由だろうが、自分にとって軽軽に取り組めない重いテーマだったこともあろう。また書けなかったせいで、古代ギリシアとの出会い即ち詩との出会いと自ら認めることが憚られたのでもあろう。

しかし、その後古代ギリシア世界への旅が中断した三十年という長い期間も、ギリシアの詩を書いておかなければとの思いは継続してあり、ついに思いたって二〇一二年夏には三週間現トルコのエーゲ海沿岸、いわゆるイオニア植民市群遺跡を巡り、一三年夏には一箇月間現ギリシア本土およびエーゲ海の島島に遊んだ、それでも相変わらず書けないまま、岩波書店の読書誌「図書」一四年一月号から『詩人が読む古典ギリシア』を連載した。要するにこれまで親しんできた詩歌から哲学、歴史、弁論までを含むギリシア古典の再読記録だが、この一六年三月号まで二年三箇月に及ぶ地道な作業が眠れる詩心を奮い立たせてくれたのか、その夏の終わりに自然に書けはじめ、一七年に入ってからも断続的に書けつづけた。

途中からテーマはかならずしも狭い意味でのギリシアに限定されるものではなくなったが、それも間接的にはギリシアが齎(もたら)してくれたものとして排除しなかった。現代はまさに地球規模のギリシア時代末期とも見えるという理由にもよる。とはいえ、際限なく続けるのもきりのないことなので、十二月十四日つまり私の七十九歳最後の日をもって打ち切りとした。これを要するに、古代ギリシアとの出会いから始まった私の詩作生活の、七十歳代終わりまでの一応の総決算というほどの心づもりである。

題名の「つい昨日のこと」は、はじめてギリシアの地を踏みアテネのアクロポリスに立った日、さらに溯って呉茂一訳『ギリシア抒情詩選』のアルクマン断片に蠱惑された日がつい昨日のこととしか思えないということ。われながら的確な命名と自讃していたところ、最近ケネス・ドーバー著・久保正彰訳『私たちのギリシア人』を再読していて、「ソクラテスがこの辺りを歩いていたのはつい昨日のことだ」という一文に突き当たり、顔から火の出る思いがした。

その後調べていただいた原文は"Socrates was around only yesterday." 古典ギリシア全般への深くかつ自由な考察をもって知られるドーバー博士の、知見に裏打ちされたまことに印象的な一文のさらに一部が、私の混濁した記憶に残っていて、恥知らずにも自分から出た言葉と勘違いして悦に入っていたことになる。しかも、碩学は一九六九年どころか前三九九年以前を「つい昨日のこと」と実感されたのだ。

　なぜそんなことが可能だったのかと憶測するに、おそらくは古代ギリシア人の発明にかかる思弁の力によるものだろう。彼らは人類史においてはじめて、すべてのものごとの原点をなぜ?と問いつづけた。典型的には愛知・求知だろうが、詩も例外ではなかろう。何のためのなぜ?かといえば、問う者ひとりひとりが真に自由であるためのなぜ?ではなかろうか。それはまた、ユーラシア大陸東端の飛び島に生まれ育った一黄色人の私が、なぜ古代ギリシアに、ヘレニズムに拘(こだわ)りつづけてきたかにも関わる。

　古代ギリシア末期の知者イソクラテスの至言「ヘレネスとはヘラスの教養を頒ちあう人」の「ヘラスの教養」とは、古代ギリシア人が発明したなぜ?と問うことにほかならず、ギリシア古詩もまたなぜ?と問うことによってヨーロッパ詩の源となった。わが国近現代詩も『新体詩抄』『於母影』を通じてヨーロッパ詩に繋がったことで、否応なく古代ギリシアを源とすることになった、と考えるべきではなかろうか。

　そのことを意識したからこそ、『於母影』の森鷗外の志を嗣いだ上田敏は『海潮音』後にサッポー詩篇を試訳したのだろうし、とりわけ呉茂一は意識以上に明確な自覚のもと広くギリシア古詩全般を訳していったのだろう。詩人の中での唯一の自覚者が、『海潮音』流の雅語を嫌った西脇順三郎だったことは、興味深い。日本近代詩の雅語脈とは対極のモダニズム的表現の『*Ambarvalia*』から始めることで、日本近現代詩人もヘレニストでなければならないことを宣言したのだ、とは言えまいか。『*Ambarvalia*』刊行より八十五年、当時にも似て私たちひとりひとりの自由が脅かされようとしているかに思われる現在、ヘレニズムの原点に思いを致すことは極めての喫緊事と思われるのだが、いかがだろう。

私の場合、齢八十に達して、面伏せに呟くヘレニスト宣言。集中、主要部分の「つい昨日のこと」は七十年近い詩的履歴を注ぎ込んだ、いわば書き下ろし。これに「殺したのは」「異神来たる」「家族ゲーム」を加えたのは、古代ギリシア末期の反措定的総括者としてのソクラテス登場、またその延長としてのヘレニズム世界に異神としてのイエス・キリストが闖入してオリュンポス神族を駆逐した意味、さらにマイナーなヘレニストとしてキリスト教を弾圧したネロが結局は自滅によって古代ギリシア世界を完結したことを言いたかった、という理由による。それぞれ、一六年「現代詩手帖」新年号、一七年十二月銅林社刊「ガニメデ」終刊号、一五年「現代詩手帖」六月号高橋睦郎特集に掲載されたものである。

この貧しい成果を、私の詩との出会いの契機となり、のちにはこれも偶然の出会いからご晩年六年間親交を恵まれた故呉茂一先生、また一二年・一三年の長旅に多大な援助を惜しまれなかった有川一三氏に捧げたい。さらに私の古典世界のへの先達でありつづけた鷲巣繁男・多田智満子両霊位にも献じたい。一六年夏からのギリシア詩篇が産まれる都度、快く耳と目とをお貸しくださった田代尚路さん、全篇棒打ちの段階で目を通していただいた佐々木幹郎さん、草稿全体に忌憚のない斧鉞の示唆をくれた半澤潤にも感謝したい。栞にそれぞれ深い読みを賜わった池澤夏樹、蜂飼耳、松浦寿輝のお三方にはとくに深甚の御礼を申しあげたい。

二〇一七年十二月十五日　八十歳の誕生日に

高橋睦郎

著作一覧

〔詩集〕

『ミノ　あたしの雄牛』沙漠詩人集団事務局　一九五九
『薔薇の木　にせの恋人たち』現代詩工房　一九六四
『眠りと犯しと落下と』草月アートセンター　一九六五
『汚れたる者はさらに汚れたることをなせ』思潮社　一九六六
『頌』思潮社　一九七一
『暦の王』思潮社　一九七二
『動詞Ｉ』思潮社　一九七四
『私』書肆林檎屋　一九七五
『巨人伝説』書肆山田　一九七八
『動詞II』思潮社　一九七八
『舊詩篇　さすらひといふ名の地にて』書肆山田　一九七九
『王国の構造』小澤書店　一九八二
『鍵束』書肆山田　一九八二
『分光器』思潮社　一九八五
『兎の庭』書肆山田　一九八七
『旅の絵』書肆山田　一九九二
『姉の島　宗像神話による家族史の試み』集英社　一九九五

詩画集『室内楽』（鈴木治雄画）清春白樺美術館　一九九七
『この世あるいは箱の人』思潮社　一九九八
『日本二十六聖人殉教者への連禱』すえもりブックス　一九九九
『柵のむこう』不識書院　二〇〇〇
古体詩集『倣古抄』普及版＝邑心文庫　特装本＝星谷書屋　二〇〇一
『恢復期』書肆山田　二〇〇一
『小枝を持って』書肆山田　二〇〇二
『起きあがる人』書肆山田　二〇〇四
『語らざる者をして語らしめよ』思潮社　二〇〇五
『永遠まで』思潮社　二〇〇九
『ジョセフ・コーネル　箱宇宙を讃えて』川村記念美術館　二〇一〇
『何処へ』書肆山田　二〇一一

〈選詩集〉
『高橋睦郎詩集』思潮社　一九六九
『新選高橋睦郎詩集』思潮社　一九八〇
『続高橋睦郎詩集』思潮社　一九九五
『続続高橋睦郎詩集』思潮社　二〇一五

〈俳句・短歌〉
句集『舊句帖』湯川書房　一九七三
句集『荒童鈔』書肆林檎屋　一九七七

歌集『道饗／舊歌帖』書肆林檎屋　一九七八
句歌集『稽古飲食』特装本＝善財窟　一九八七　普及版＝不識書院　一九八八
歌集『爾比麻久良』思潮社　一九九二
句文集『金沢百句／加賀百景』筑摩書房　一九九三
句集『賚』星谷書屋　一九九八
句集『花行』ふらんす堂　二〇〇〇
句写集『那須いつも』（沢渡朔撮影）二期リゾート　二〇〇三
歌文集『歌枕合』書肆山田　二〇〇五
歌集『虚音集』不識書院　二〇〇六
句集『遊行』星谷書屋　二〇〇六
句文集『百枕』書肆山田　二〇一〇
自句自解シリーズ『ベスト一〇〇　高橋睦郎』ふらんす堂　二〇一一
歌集『待たな終末』短歌研究社　二〇一四
句集『十年』角川書店　二〇一六

〔小説〕
『十二の遠景』中央公論社　一九七〇
『聖なる岬』新潮社　一九七二
『善の遍歴』新潮社　一九七四

〔舞台台本〕
台本修辞『王女メディア』小澤書店　一九八四

台本修辞『オイディプス王』小澤書店　一九八七
能・狂言集『鷹井』筑摩書房　一九九一
『遠い帆——オペラ支倉常長』小澤書店　一九九五

〔試論〕
『詩から無限に遠く』思潮社　一九七七
『詩人の血』小澤書店　一九七七
『エロスの詩集』潮新書　一九七七
『球体の息子たち』小澤書店　一九七八
『聖という場』小澤書店　一九七八
『言葉の王国へ』小澤書店　一九七九
『恋のヒント』小澤書店　一九八九
『青春を読む』小澤書店　一九九二
『私自身のための俳句入門』新潮選書　一九九二
『読みなおし日本文学史——歌の漂泊』岩波新書　一九九八
『百人一句』中公新書　一九九九
『十二夜』集英社　二〇〇三
『百人一首』中公新書　二〇〇三
『すらすら読める伊勢物語』講談社　二〇〇四
『漢詩百首』中公新書　二〇〇七
『遊ぶ日本』集英社　二〇〇八
『季語百話』中公新書　二〇一一

『詩心二千年』岩波書店　二〇一一
『和音羅読――詩人が読むラテン文学』幻戯書房　二〇一三
『歳時記百話』中公新書　二〇一三
『在りし、在らまほしかりし三島由紀夫』平凡社　二〇一六
『詩人が読む古典ギリシア――和訓欧心』みすず書房　二〇一七

〔随筆〕
『愛の教室　女性のためのギリシア神話』新書館　一九六五
『日本芸能独断』大和書房　一九七二
『語り手と聞き手ともうひとり』女子パウロ会　一九七四
『地獄を読む』駸々堂出版　一九七七
『愛の女神たち』新書館　一九七七
『男の解剖学』角川書店　一九七八
『花遊び』小澤書店　一九八四
『詩人の食卓』平凡社　一九九〇
『球体の神話学』河出書房新社　一九九一
『詩人の買物帖』平凡社　一九九三
『友達の作り方』マガジンハウス　一九九三
『未来者たちに』みすず書房　二〇〇五

〔テクスト〕
編著『禁じられた性――近親相姦100人の証言』潮出版社　一九七七

ヴィジュアルブック『俳句』ピエブックス　二〇〇一
ヴィジュアルブック『和の菓子』ピエブックス　二〇〇三
ヴィジュアルブック『能』ピエブックス　二〇〇四
ヴィジュアルブック『日本のかたち』ピエブックス　二〇〇五
ヴィジュアルブック『百人一首』ピエブックス　二〇〇八
写真集『GO TO BECOME　なりに行く』rosnin books　二〇一七
写真集『LOCUS AMOENUS　ここちよいここ』平凡社　二〇一八

〔CDブック〕
『声の庭』スター・ヴァリー・ライブラリー　一九九五

〔Translations〕
Poems of Penisist Chicago Review Press, Chicago, 1975
Bunch of Keys The Crossing Press, New York, 1984
Sleeping, Sinning, Falling City Lights Books, San Francisco, 1992
Translated by Hiroaki Sato
Peniselskeren-ogendre maend Tiderne skifter københavn, 2000
Translated by Vegn Søndergard
Beyond the Hedge: New and Selected Poems Dedalus Press, Dublin, 2005　Translated by Mitsuko Ono & Frank Sewell
Myself as Anatomical Love-Making Chart and Other Poems
Arc Publications, Todmorden U.K., 2006

Translated by James Kirkup & Tamaki Makoto

Twelve Views from the Distance University of Minesota Press, Minesota, 2012

Translated by Jeffrey Angles

『讓我們継続沈默的旅行』湖南文芸出版社　二〇一八　田原訳

他に絵本、再話、楽譜、レコード、ＣＤなど。

つい昨日のこと　私のギリシア

著　者　高橋睦郎
発行者　小田久郎
発行所　株式会社思潮社
〒一六二－〇八四二
東京都新宿区市谷砂土原町三－十五
電　話　〇三－三二六七－八一五三（営業）
〇三－三二六七－八一四一（編集）
ＦＡＸ　〇三－三二六七－八一四二
印刷所　創栄図書印刷株式会社
製本所　創栄図書印刷株式会社
発行日　二〇一八年六月二十五日